I0456679

LE CADEAU

Série « Quatre mariages et un fiasco » – 1

Lucy Kevin

LE CADEAU

© Lucy Kevin, 2014 pour la traduction française,
2012 pour le texte original

Traduction : Constance de Mascureau

Suivez Lucy sur Twitter @lucykevin
Retrouvez Lucy sur Facebook : facebook.com/lucykevinbooks
www.LucyKevin.com
lucykevinbooks@gmail.com
Recevez la newsletter en français de Lucy :
http://eepurl.com/MWHJX

Après la fermeture de son restaurant, Julie Delgado prend temporairement en charge le service traiteur du Rose Chalet, *une salle de mariage à San Francisco. Elle projette d'impressionner les futurs mariés à tel point que la propriétaire du lieu décide de la garder à ce poste. Mais, le destin semble en avoir décidé autrement, lorsque le frère du marié se présente pour la première dégustation culinaire.*

Andrew Kyle n'est pas seulement le présentateur et le chef de l'émission Cuisine & Créations. *Il se trouve que sa critique récente du restaurant de Julie en a signé l'arrêt de mort. Lorsqu'il rencontre Julie au* Rose Chalet, *Andrew la trouve bien prudente dans ses choix. Dès lors, il n'a plus qu'une idée en tête : être celui qui va la conduire à laisser libre cours à sa passion.*

Mais, malgré l'attirance indéniable qu'il y a entre eux et le fait qu'Andrew croie davantage en Julie que la jeune femme elle-même, pourra-t-elle prendre des risques avec sa cuisine, sa carrière, ou… son cœur ?

CHAPITRE 1

À San Francisco, la diversité des restaurants est telle que les gastronomes n'ont que l'embarras du choix. Tester un établissement est toujours une aventure, et c'est dans cette optique que j'ai fait une réservation au Delgado.

Quand je vais au restaurant, j'ai certaines attentes. Ce soir-là, je m'attendais à une bisque de homard bien préparée, à un poulet parfaitement rôti, à une glace maison parfumée, mais aussi à un service professionnel et sympathique. Le Delgado, *nouveau venu à San Francisco, répondait à tous ces critères.*

Malheureusement, ce n'est pas suffisant à ce niveau-là. Les chaînes et les fast-foods se chargent de combler nos attentes, mais pour survivre et prospérer, un restaurant doit offrir davantage que des plats ternes. On doit y vivre une expérience culinaire qui témoigne de la passion du chef pour la cuisine et la restauration.

Je n'ai pas ressenti cette passion chez Delgado. *Et à en juger par les nombreuses tables vides autour de moi, je n'étais pas le seul à penser ainsi.*

Peut-être qu'à l'avenir, la propriétaire se servira de ses compétences indéniables pour concevoir une carte plus créative. Mais en attendant, je vous déconseille le Delgado.

C'est un restaurant qui ne restera pas dans les annales.

Restaurant Delgado : 2 étoiles sur 5

Par le critique Andrew Kyle, animateur de

Cuisine & Créations

* * *

— Julie, tu vas être en retard si tu continues. Tu sais que je…

— … n'étais jamais en retard, acheva Julie. Oui, tante Evie, je sais. Mais je rencontre des nouveaux clients aujourd'hui au *Rose Chalet* et j'ai vraiment envie de faire bonne impression. Comment me trouves-tu ?

La tante de Julie avait une soixante d'années et une chevelure gris foncé. Elle était bien conservée pour son âge même si elle se tenait légèrement voûtée, conséquence des nombreuses années qu'elle avait passées penchée sur les fourneaux.

Sa nièce avait beau avoir vingt-huit ans, Evie se comportait encore avec elle comme lorsqu'elle était enfant, et n'hésitait pas à essuyer une tache de maquillage mal appliqué sur sa joue si c'était nécessaire.

— Tu es ravissante, ma chérie.

— Tu es sûre ?

Julie se regarda une dernière fois dans le miroir près de la porte, consciente que tout devait être parfait. Elle attachait généralement ses cheveux bruns quand elle faisait la cuisine, mais, ce jour-là, ils tombaient en cascade sur ses épaules car elle savait qu'elle faisait plus forte impression sur les inconnus de la sorte. Elle avait opté pour une tenue simple – un pullover bleu marine et un pantalon foncé – dans laquelle elle se sentait bien pour cuisiner, et qui lui donnait un air professionnel.

Tante Evie hocha la tête.

— Bien sûr que j'en suis sûre. Même si cela ne te ferait sûrement pas de mal de prendre quelques kilos. Qui a déjà entendu parler d'une cuisinière mince ?

— Tu es mal placée pour me faire des réflexions alors que tu ne manquerais pour rien au monde tes deux cours de gymnastique hebdomadaires ! répliqua Julie en riant. (Elle jeta de nouveau un coup d'œil à son reflet et se passa une main dans les cheveux.) Peut-être que si...

— Je ne vais pas rester ici à te faire des compliments alors que tu devrais déjà être partie travailler. Tu as pris un petit déjeuner petit déjeuner, n'est-ce pas ?

— Je mangerai un morceau plus tard, promit Julie.

— Tu vas encore acheter quelque chose dans un de ces camions ambulants que tu sembles tant aimer, dit Evie sur un ton réprobateur.

Julie déposa un baiser sur la joue de sa tante puis sortit en courant vers la voiture qu'elle lui prêtait.

Sa chère Mustang avait connu le même sort que son

ancien appartement, englouti par les dettes qui l'avaient submergée quand son restaurant avait coulé.

Julie contourna les files de voitures dans l'espoir d'arriver à l'heure, sans prêter la moindre attention aux limitations de vitesse mais en priant pour ne pas se faire arrêter. Sa tante avait travaillé pendant de nombreuses années au *Rose Chalet*, et comme elle le lui avait fait remarquer, elle n'avait jamais été en retard, elle. Aujourd'hui, Julie récupérait l'ancien poste d'Evie… en quelque sorte.

En réalité, ce n'était qu'un remplacement provisoire. Rose Martin, la propriétaire du lieu de réception, avait été claire sur ce point. Elle avait seulement besoin d'aide pour un mariage, et rechercherait ensuite quelqu'un sur le long terme pour s'occuper du service traiteur au *Rose Chalet*.

Si Julie voulait avoir une chance de transformer ce travail temporaire en un emploi stable, elle n'avait pas le droit à l'erreur.

En garant sa voiture devant le *Rose Chalet* quelques minutes plus tard, Julie fut une fois de plus émerveillée par la beauté de l'endroit. Le bâtiment possédait une élégance raffinée et surannée, et le petit terrain qui l'entourait était superbement entretenu. Ce devait être le lieu de réception rêvé pour les gens qui voulaient se marier, songea Julie : un petit coin de paradis au milieu de l'immense ville.

Mais, pour le moment, un certain désordre régnait encore. Rose était là, aussi ravissante et impeccable qu'à l'ordinaire. Ses cheveux roux étaient arrangés avec soin et elle était vêtue d'une robe au motif délicat qui lui seyait à merveille. Elle se tenait au pied d'un escabeau pendant que RJ, le jardinier qui faisait également office de bricoleur, était en train de remplacer des volutes de bois abîmées près du plafond. C'était un bel homme, bien bâti, et Julie se dit que peu de femmes auraient refusé de tenir son escabeau, ou de faire tout autre chose à sa demande. Mais Rose n'était apparemment pas de cet avis.

— Pourrais-tu te dépêcher un peu, RJ ?

RJ baissa les yeux vers Rose et lui décocha un sourire.

— J'aimerais bien, mais vous ne pourriez pas vous pardonner si je tombais de cette échelle et me brisais le cou. Tenez-la droite encore quelques secondes, patronne.

Julie se demanda si Rose allait se mettre à crier ou à rire. RJ était très charmant, c'était indéniable. Mais, en tant qu'employée, jamais elle n'oserait parler ainsi à Rose.

— Les clients qui viennent tout à l'heure sont très importants, et je veux m'assurer que tout soit parfait pour eux. (Rose se tourna alors vers Julie.) Ah, très bien, te voilà enfin ! Comment va Evie ?

— Beaucoup mieux, répondit Julie avec un sourire. Je lui dirai que vous avez demandé de ses nouvelles.

Rose sortit alors son téléphone avec sa main libre et fit défiler son calendrier.

— Le couple va passer cet après-midi. Je voudrais que tu prépares un menu de dégustation avec différentes options. Pendant ce temps, je vais m'occuper des autres points à voir avec eux et finaliser le budget. J'ai encore beaucoup à faire avant de pouvoir aller déjeuner avec Donovan.

— Je serai prête, lui assura Julie. Voulez-vous que je tienne l'escabeau à votre place ?

Rose jeta un coup d'œil à RJ avant de hocher la tête.

— Merci.

Julie prit la place de Rose et celle-ci s'éloigna alors à grands pas. Elle semblait toujours pressée.

— Je suis contente de vous revoir, dit-elle à RJ une fois que Rose fut hors de portée de voix. Dites-moi, qui est Donovan ?

— Donovan McIntyre est le fiancé de Rose. Il est chirurgien esthétique. Vous savez, si j'ai demandé à Rose de tenir l'escabeau, c'était uniquement pour qu'elle puisse souffler un peu. Elle n'a pas arrêté un instant depuis le lever du jour. Mais je sais que vous avez sûrement plus important à faire que de rester ici à me regarder travailler.

Il n'avait pas tort. Julie avait un menu entier à élaborer et devait se mettre à l'œuvre, même s'il lui faudrait attendre le début d'après-midi pour la plupart des cuissons. C'était l'une des particularités de la cuisine : elle aurait beau préparer tout ce qu'elle voulait à l'avance, elle se retrouverait inévitablement sur cinq fronts à la fois à la fin, au moment de servir.

Malgré le défi que cela représentait, Julie aimait la pression. Elle l'adorait même. Elle s'émerveillait toujours de pouvoir transformer des ingrédients ordinaires en un plat extraordinaire, en les faisant chauffer et en ajoutant des épices, en les combinant et en les présentant de manière unique, et tout cela dans un temps limité.

Mais ce jour-là, elle souhaitait seulement que tout se déroule sans heurt afin d'avoir une chance d'impressionner Rose et de voir son contrat ponctuel déboucher sur un travail permanent au *Rose Chalet*.

— Oui, je devrais sans doute y aller, dit Julie. Je n'ai vraiment pas envie de décevoir Rose.

RJ lui sourit du haut de son échelle.

— Ne vous inquiétez pas pour Rose. Elle aboie plus qu'elle ne mord. Elle veut simplement que cette journée unique pour les mariés soit…

— Unique ? l'interrompit Julie en souriant.

— J'allais dire parfaite. Bonne chance pour le menu.

Julie se dirigea vers la cuisine, en espérant qu'elle n'aurait pas besoin de chance.

La pièce était spacieuse, à la hauteur de la lourde tâche qui attendait les cuisiniers : préparer de la nourriture pour plusieurs centaines d'invités. Bien plus grande que la cuisine de l'ancien restaurant de Julie, elle était aussi beaucoup plus calme en ce début de matinée. Julie songea avec nostalgie à l'activité incessante qui régnait dans la cuisine du *Delgado*, toujours remplie d'une demi-douzaine de personnes qui s'affairaient pour nourrir une clientèle impatiente.

Julie secoua la tête. Elle s'était promis de ne pas penser au passé et d'être forte. Ce n'était pas le moment de se laisser envahir par les regrets.

Travailler au *Rose Chalet* pourrait être un nouveau départ, qui lui donnerait la possibilité de quitter la chambre d'ami de sa tante Evie et de reprendre sa vie en main.

Elle se concentra sur la tâche qu'elle devait accomplir. Le menu en soi était assez simple, car elle s'était dit que des jeunes mariés qui faisaient venir à San Francisco des invités des quatre coins du pays ne voudraient pas prendre le risque de leur servir quelque chose susceptible de leur déplaire. En entrée, Julie avait opté pour des fruits de mer et une salade, au choix. Pour le plat de résistance, il y aurait le choix entre un magret de canard aux pruneaux et un risotto aux cèpes. Quant au dessert, il consisterait en une sélection de crèmes desserts qui viendraient parfaitement compléter la pièce montée.

Lorsque l'heure du déjeuner arriva, Julie avait achevé la plupart des préparatifs pour son menu. Elle avait réalisé deux types de crèmes au chocolat, qui étaient en train de prendre dans la chambre froide. Le canard cuisait doucement au four, il ne pouvait donc rien lui arriver. Les légumes et les autres éléments pour le plat principal étaient prêts, de même que le mélange de poisson et de noix de Saint-Jacques pour l'entrée. Le risotto finissait de mijoter. Il ne lui restait désormais plus qu'à patienter jusqu'à la demi-heure d'activité frénétique qui précéderait le service. Le moment était donc venu pour elle d'aller chercher son déjeuner.

Julie adorait les foods trucks, ces camions de

restauration ambulante que l'on trouvait un peu partout dans les rues de la ville, et qui avaient poussé comme des champignons ces dernières années. Ils servaient toute sortes de nourriture, des aliments les plus gras aux plus gourmets, des spécialités américaines à la cuisine internationale. À l'époque où elle travaillait au *Delgado*, elle savait exactement où étaient garés les meilleurs camions dans un rayon de vingt minutes à pied autour de son restaurant. Mais elle était loin de connaître aussi bien le quartier du *Rose Chalet*. Elle avait faim, et elle espéra qu'elle trouverait un bon food truck dans les environs.

En sortant, Julie aperçut Rose qui partait déjeuner. Elle était en compagnie d'un homme blond avec un physique à se damner, dont la voiture de sport criait presque « chirurgien riche ».

Julie comprenait mieux à présent l'envie de Rose de se rendre à son déjeuner malgré sa charge de travail. Dieu sait que Julie n'était pas sortie avec un homme depuis longtemps. Si elle en avait eu l'opportunité, elle aurait fait de même que Rose.

Heureusement, elle n'avait pas le temps de réfléchir à sa vie sentimentale pathétique ; elle devait consacrer toute son énergie à impressionner les clients qui arriveraient cet après-midi.

Cinq minutes plus tard, Julie trouva un food truck qui vendait les meilleurs falafels qu'elle avait goûtés depuis longtemps. Elle les dégusta sur un banc dans un parc voisin qui surplombait la baie de San Francisco. Elle apprécia ce moment de tranquillité mais ne s'attarda pas.

À son retour au *Rose Chalet* une demi-heure plus tard, Julie constata avec étonnement que Rose revenait au même moment de son déjeuner avec le docteur.

Si c'était son rythme habituel, il n'était pas étonnant que RJ soit contraint d'user de subterfuges pour la faire arrêter de travailler quelques minutes.

Le jardinier s'était retroussé les manches et était en train d'installer les bordures de deux plates-bandes. Il leur adressa un petit signe de tête.

— Le déjeuner s'est bien passé ?

— Très bien, merci, dit Julie.

Rose ne répondit pas et se tourna vers Julie.

— Les clients ne vont pas tarder à arriver. Julie, tout est prêt ?

— Toute la préparation est terminée, répondit Julie. Il me reste une cuisson à faire ainsi que les finitions.

Rose hocha la tête, comme si elle cochait quelque chose sur la longue liste dans sa tête.

— Je t'appellerai sur ton portable dès que les futurs mariés seront là, et nous pourrons commencer. Oh ! pourrais-tu aller jeter un coup d'œil dans la salle à manger ? J'ai vérifié le couvert, mais…

Mais une petite tornade est peut-être passée par là entre-temps ?

Julie chassa de son esprit cette pensée désobligeante. Rose avait raison : tout devait être parfait pour un mariage, et son rôle était aussi de s'en assurer.

Après avoir vérifié que tout était en ordre dans la salle à manger, Julie se dirigea vers la cuisine. Elle était presque arrivée devant la porte battante lorsqu'elle réalisa avec un sentiment d'horreur qu'elle avait oublié le canard. Grâce à Dieu, elle n'avait pas traîné pour le déjeuner !

Elle sortit précipitamment la volaille du four, en se brûlant légèrement les doigts. Son téléphone se mit alors à sonner ; ce devait être Rose. Julie décrocha et marmonna un « bonjour » tandis qu'elle plongeait un couteau dans le canard en retenant son souffle. Elle poussa un bruyant soupir de soulagement en constatant que la cuisson était bonne.

Il lui fallut cependant un peu plus de temps qu'à l'ordinaire pour enregistrer ce que Rose lui disait.

— Ils sont déjà là ?

— Il est déjà là, rectifia Rose.

— La mariée a envoyé le marié seul ? demanda Julie d'une voix qui trahissait sa surprise.

Quel genre de mariée était absente pour la préparation de son propre mariage ?

— En fait, c'est le frère du marié, expliqua Rose. Nous irons dans la salle à manger dans une quinzaine de minutes.

Le *frère* du marié ?

C'était étrange, mais ce n'était pas le moment d'y réfléchir. Julie s'empressa de se remettre au travail et d'apporter les touches finales à ses entrées. Une fois qu'elle eut terminé, elle équilibra adroitement les assiettes sur une main et parcourut la petite distance qui la séparait de la salle à manger.

Rose et le frère du marié venaient d'y entrer, et Julie entrevit un homme brun, élégamment vêtu, qui devait avoir un peu plus de trente ans. Elle se pencha quelques instants sur ses assiettes pour s'assurer qu'il ne restait pas de taches de sauce ou d'assaisonnement sur les bords.

— Je vous présente Julie. C'est elle qui sera chargée du repas pour le mariage de votre frère, dit Rose. Julie, voici Andrew.

Julie leva les yeux et arbora son plus beau sourire en croisant le regard du nouveau venu. Elle remarqua immédiatement la beauté et la virilité de ses traits, sa barbe de quelques jours, ses fossettes et sa carrure athlétique mise en valeur par son costume bien taillé. En temps normal, le sourire de Julie se serait au moins élargi un peu face à cette vue agréable.

Mais il mourut sur ses lèvres. Faisant appel au peu de contrôle qui lui restait, elle esquissa malgré tout un semblant de sourire.

Julie reconnaissait ce visage. Ce n'était pas difficile, après avoir passé tellement de temps à le scruter. C'était le visage qui lui souriait, à elle et à des milliers d'autres téléspectateurs, quand elle regardait la chaîne Cuisine Channel. C'était celui de l'homme que presque tous les chefs de la ville redoutaient de trouver dans leur restaurant.

Mais ce n'était pas tout... Il s'agissait également du visage parfait dont la photo figurait à côté de la critique de restaurant qui avait bouleversé sa vie.

— Vous êtes Andrew Kyle.

— Ravi de vous rencontrer, Julie.

Andrew Kyle était la dernière personne au monde que Julie avait envie de voir, mais elle devait absolument reprendre ses esprits. Elle s'empara à contrecœur de la main qu'il lui tendait car elle ne pouvait ignorer le frère d'un client potentiel, encore moins en présence de Rose.

Mais elle s'en voulut d'avoir remarqué la force de ses mains et les légères cicatrices de brûlures et de coupures dont ses paumes et ses doigts étaient marqués, comme ceux de tout cuisinier professionnel.

— Cela fait longtemps que vous travaillez ici ? demanda-t-il.

Comment Julie pouvait-elle répondre à cette question ?

« *Depuis qu'une critique à deux étoiles sur mon restaurant a brisé ma vie* » n'était pas suffisamment percutant. Elle était tentée de lui renverser sans mot dire une assiette de salade sur la tête, mais ce n'était pas mieux.

— Non, pas très longtemps, dut-elle se résoudre à répondre.

— Julie a gentiment accepté de nous apporter son aide pour ce mariage. Sa tante travaillait ici jusqu'à récemment, mais elle a pris sa retraite, ajouta Rose, manifestement déterminée à pallier le manque d'aptitudes sociales de Julie.

Julie parvint à hocher la tête.

— Je suis désolée, mais je dois retourner à la cuisine pour m'occuper des autres plats. Bonne dégustation !

Malheureusement, la probabilité qu'Andrew Kyle apprécie ce qu'elle avait préparé était aussi faible que de voir la foudre frapper deux fois au même endroit.

De retour dans la cuisine, elle s'appuya contre la porte et prit une profonde inspiration. Le pire n'était pas l'apparition soudaine d'Andrew sur le lieu de son nouveau travail.

Le pire était qu'il ne l'avait même pas reconnue.

Julie s'efforça de se reprendre, consciente qu'il lui restait encore beaucoup à faire pour achever les plats de résistance et les desserts. Et si elle servait des plats mal préparés à l'un des chefs les plus célèbres de la Côte Ouest, son cauchemar serait loin d'être terminé.

Andrew aurait alors la certitude qu'il avait vu juste en jugeant sa cuisine médiocre, et Rose la mettrait sans aucun doute dehors.

CHAPITRE 2

Julie eut du mal à se concentrer pour achever les plats principaux et les desserts. Elle songeait qu'Andrew Kyle était sans doute en train de dire à Rose à quel point sa cuisine était mauvaise. Rose devait évidemment l'écouter car en plus d'être un grand chef, il était le frère du marié. Et comment résister à ses fossettes ?

Arrête avec ces fossettes, s'intima Julie. *Pense plutôt à ce qu'il a fait.*

Et comment l'oublier. Il avait suffi d'une critique, rédigée par l'un des chefs les plus célèbres de la télévision, pour que son restaurant ferme. Avant cela, les nouveaux clients arrivaient, lentement mais sûrement, et Julie espérait que la tendance se poursuivrait. Mais ils avaient cessé de venir. Son rêve entier s'était écroulé en quelques semaines, tout cela à cause de l'homme qui était en train de goûter son assiette de fruits de mer.

Julie ne pouvait pas le laisser aussi briser ce rêve-là. Cela signifiait que même si une partie d'elle-même désirait se venger, elle ne pouvait pas saboter ses plats.

En réalité, la meilleure revanche serait de lui montrer à quel point il s'était trompé. Elle allait lui servir quelque chose de si bon qu'il serait forcé de retirer ce qu'il avait dit.

Facile.

Mais alors, pourquoi sa main tremblait-elle pendant qu'elle dressait le magret ? Elle devait retrouver son calme, prendre son temps et...

— Tout va bien ?

Julie bondit en entendant la voix d'Andrew et faillit se couper le doigt.

Que faisait-il dans sa cuisine ? Avait-il enfin réalisé qui elle était ? Venait-il pour l'humilier encore ?

Ou peut-être pour lui présenter des excuses ?

Consciente que Rose la renverrait sur-le-champ si elle disait à Andrew ce qu'elle avait sur le cœur, Julie se retint.

— Je ne suis pas sûre que vous devriez être ici, répondit-elle sèchement

— Ne vous inquiétez pas, ...

— Julie, lui rappela-t-elle sur un ton encore plus sec, n'en revenant pas qu'il ait déjà oublié son nom. Julie Delgado.

Avait-elle aperçu une lueur de reconnaissance dans son regard ?

Mais à vrai dire, pourquoi se souviendrait-il d'elle ? Andrew Kyle était un chef célèbre, et elle n'était personne. Elle n'avait même pas été capable de faire marcher son restaurant, et faisait désormais la cuisine dans un lieu de réception de mariage.

— J'ai demandé à Rose si je pouvais aller jeter un

coup d'œil à la cuisine où serait peut-être préparé le repas de mariage de mon frère.

— Peut-être ?

— Mon frère et sa fiancée méritent ce qu'il y a de mieux, et je leur ai promis de leur donner mon avis de chef. J'aimerais que vous apportiez les desserts en même temps que les plats principaux et que vous restiez avec nous pendant la dégustation. (Il lui décocha son fameux sourire éclatant.) Nous aurons sûrement plein de choses à nous dire tous les deux.

Julie se demanda un instant s'il voulait parler de l'accablante critique qu'il avait rédigée sur son restaurant, mais elle était si troublée par ses maudites fossettes qu'elle ne put qu'articuler :

— Ah bon ?

— C'est certain, répondit Andrew en lui souriant de nouveau.

Elle n'en croyait pas ses oreilles : était-il vraiment en train de flirter avec elle après ce qu'il avait fait ?

Julie résista avec difficulté à l'envie de le frapper avec la première chose qui lui passait sous la main, mais uniquement parce qu'il s'agissait d'une casserole remplie de sauce aux pruneaux qui réduisait tranquillement. Quel culot, songea-t-elle…

Julie prit de nouveau une profonde inspiration. Puisqu'elle n'était visiblement pas assez importante pour que cette grande vedette se souvienne ne serait-ce que de son nom, pourquoi n'essaierait-il pas d'user de son charme avec elle ? Après tout, tout le monde y succombait.

—Je ne vois pas d'inconvénient à tout servir en même temps, dit Julie, qui espérait le faire sortir de sa cuisine en acceptant sa demande. Laissez-moi juste une ou deux minutes.

En réalité, il lui en fallut plutôt une dizaine. Pendant ce bref moment, elle ne pensa à rien d'autre qu'à sa cuisine et à la perfection qu'elle voulait atteindre. Et même si elle rêvait de trébucher « accidentellement » et de recouvrir Andrew Kyle de nourriture, Julie savait qu'elle n'en ferait rien.

En arrivant dans la salle à manger, elle fut surprise de voir Andrew se lever pour l'aider à porter les assiettes, et même l'accompagner dans la cuisine pour aller chercher les desserts.

Une fois installé à table, Andrew regarda les assiettes d'un œil critique. Rose était assise à côté de lui avec une expression indéchiffrable. Il devait bien entendu lui tenir autant à cœur qu'à Julie que la dégustation se passe bien. Si elle avait déjà lu les critiques culinaires d'Andrew, elle savait à quel point son jugement pouvait être sévère.

Julie s'assit à son tour et regarda les entrées. Quel accueil Andrew leur avait-il réservé ?

Elle n'aurait su le dire avec certitude. Il n'avait pas beaucoup mangé mais elle vit qu'il avait goûté un peu à tout ; c'était peut-être bon signe. Julie s'agita sur son siège et serra ses mains sous la table pour les tenir tranquilles. Elle se risqua à jeter un coup d'œil à Rose, mais cela ne lui apprit rien de plus.

— J'ai déjà goûté les fruits de mer et la salade. Je vous donnerai mon avis après avoir dégusté le reste.

Regarder Andrew Kyle manger était un vrai spectacle. Il ne parlait pas entre les bouchées, comme pour ne pas se laisser déconcentrer. Il rassemblait avec soin la nourriture sur la fourchette et l'approchait de son nez. Il l'humait alors pendant quelques secondes, avant de la porter à sa bouche.

Julie resta un instant fascinée en le voyant ainsi utiliser ses différents sens. Il prenait vraiment son rôle au sérieux.

Ce n'était cependant pas une excuse pour les faire attendre ainsi. Il ne prit la parole qu'une seule fois, vers le milieu de la dégustation. Il leva brièvement les yeux et haussa les sourcils en regardant Julie.

— Vous ne vous joignez pas à nous ?

— Vous avez peur que j'aie empoisonné la nourriture ?

Rose ne sembla pas apprécier l'irritation qui perçait dans la question de Julie, mais Andrew se mit à rire.

— Allez, accompagnez-moi. Je n'aime pas être le seul à manger. Rose ?

— Je viens juste de déjeuner, s'excusa la propriétaire du *Rose Chalet*.

Andrew tourna le regard vers Julie.

— Ce sera juste vous et moi, alors.

C'était clairement un défi. Et Julie savait qu'elle ne pouvait pas se défiler comme Rose.

Elle s'empara d'une fourchette et s'attaqua de bon

cœur aux plats qu'elle avait préparés. Elle mangeait toujours avec un tel enthousiasme que sa tante Evie lui demandait parfois en riant si elle avait peur qu'on lui vole sa nourriture.

Julie s'efforça de se concentrer sur la saveur des aliments et d'anticiper les critiques que pourrait lui faire le célèbre chef. Les noix de Saint-Jacques étaient-elles parfaitement saisies ? Leur texture était-elle bonne ? Avait-elle commis des erreurs ?

Elle faillit pousser un soupir de soulagement en goûtant le résultat de ses efforts. Tout lui semblait exactement comme elle l'espérait.

J'aimerais bien voir ce que vous allez trouver à redire, Andrew Kyle.

Rose semblait aussi impatiente que Julie d'entendre l'opinion d'Andrew.

— Alors, qu'en pensez-vous ? lui demanda sa chef. (Julie ne put s'empêcher de remarquer à quel point son ton était formel en présence d'un client important.) Vous êtes satisfait ?

Andrew reposa doucement sa fourchette.

— Toutes les cuissons sont bonnes, répondit-il. Le poisson se marie agréablement avec les saint-jacques, qui sont bien préparées. La salade est fraîche et croquante. La sauce aux pruneaux qui accompagne le magret est juste comme il faut, le risotto est onctueux, et j'aime la richesse des crèmes desserts.

— Eh bien, c'est parfait ! déclara Rose. Je suis sûre que Julie sera capable de reproduire exactement ce qu'elle a fait aujourd'hui pour le mariage.

— Je n'en doute pas, dit Andrew.

Curieusement, Julie ne se réjouit pas comme elle l'aurait dû en entendant les remarques d'Andrew. Peut-être à cause du ton sur lequel il les avait prononcées ?

Mais Rose paraissait résolue à ne pas remarquer le manque d'enthousiasme d'Andrew. Ou peut-être espérait-elle que tout irait bien si elle insistait.

— Je vous propose de donner votre approbation pour le menu, Monsieur Kyle, et nous...

— Je suis désolé mais je ne peux pas, répondit Andrew en secouant la tête.

— Mais vous venez de dire que...

— Les plats sont bien préparés, dit-il, mais malheureusement ils sont trop ternes.

Ternes. C'était le même mot qu'il avait utilisé pour décrire la cuisine de son restaurant.

Julie agrippa la nappe à deux mains sous la table.

— Ternes ? répéta-t-elle.

Andrew hocha la tête.

— Comme je vous le disais, ce que vous avez servi est bon. C'est juste que... franchement, c'est de la cuisine de mariage.

— C'est bien à cela qu'elle est destinée, ne put s'empêcher de faire remarquer Julie. Un *mariage*.

— Oui, mais il s'agit du mariage de mon frère. Je suis désolé, mais ce menu ne fera pas l'affaire. C'est du vu et revu. Il n'y a aucune originalité, aucune créativité. Vous n'avez revisité aucun des plats classiques que vous m'avez servis. C'est mon cadeau de mariage à mon frère et à sa fiancée, et je veux qu'ils aient un repas spécial. Rien dans votre menu ne laisse penser que leur mariage est un événement spécial.

Un couple allait se dire « oui » devant quelques centaines d'invités, mais ce n'était pas suffisant pour rendre l'occasion spéciale ? Julie se garda cependant bien d'exprimer son avis à voix haute. De plus, elle était trop occupée à repenser à la première fois où Andrew Kyle avait fait ces critiques au sujet de sa cuisine. Il l'avait profondément blessée à l'époque, et voilà qu'il recommençait.

— Alors, que voulez-vous ? demanda Julie, qui ne parvint à garder une voix dénuée d'émotions qu'au prix d'un violent effort.

Rose lui jeta malgré tout un coup d'œil avant de reprendre en main les négociations.

— Oui, peut-être que si vous nous disiez exactement ce que vous voulez, nous serions capables de répondre à vos attentes.

Un sourire se dessina sur les lèvres magnifiques d'Andrew, comme si tout allait pour le mieux. De qui se moquait-il ?

— Quelque chose de différent. D'inventif. D'unique.

Il posa son regard sur Julie, qui s'énerva en constatant que le rythme de son cœur s'accélérait.

— Je ne veux pas d'un menu que vous seriez capable de réaliser les yeux fermés, Julie. (Il sourit de nouveau.) Ce mariage est très important pour ma famille, et je suis convaincu que vous êtes capable de beaucoup mieux que ce que vous m'avez servi aujourd'hui.

Au moins l'un d'eux en était-il convaincu, songea Julie tandis que Rose intervenait pour essayer de sauver la situation.

— Êtes-vous sûr que nous ne pouvons pas…

Andrew leva la main pour l'interrompre.

— Je suis désolé, mais il faudra me montrer un menu complètement revu avant que je puisse accepter de signer quoi que ce soit.

— Je vois, dit Rose.

Elle ne paraissait pas ravie.

Julie ne pouvait lui en vouloir, d'autant plus qu'elle ne savait pas non plus comment réagir. Devait-elle s'enfuir discrètement et ne plus jamais revenir, ou bien cribler d'épingles une poupée ayant les traits « parfaits » – et les fossettes – d'Andrew Kyle ?

— Écoutez, reprit Andrew. Je vous propose de revenir pour suggérer quelques idées à Julie. À nous deux, je pense que nous pourrons arriver à un menu parfait pour le mariage.

Il venait de dévaloriser sa cuisine pour la deuxième fois en quelques mois, et il pensait qu'elle allait accepter de travailler avec lui ?

— Quelle excellente idée ! répondit Rose sans laisser à Julie le temps de dire non. Au *Rose Chalet*, notre objectif est de nous assurer que la journée se déroule exactement selon le désir des mariés. Julie se fera un plaisir de réfléchir à des menus avec vous. N'est-ce pas,

Julie ?

La question était manifestement théorique, et Julie marmonna quelque chose qui ressemblait à un oui.

Rose se leva.

— Andrew, si vous avez encore quelques minutes, je vous emmène faire le tour de la propriété pour que vous puissiez vous imprégner de l'atmosphère des lieux. Tout mon personnel n'est pas là pour le moment, mais j'aimerais avoir votre opinion sur quelques points.

Andrew accepta la proposition de Rose, et Julie en éprouva un immense sentiment de reconnaissance. Elle le regarda s'éloigner, non pas parce qu'elle avait du mal à le quitter des yeux, mais pour s'assurer qu'il était bel et bien parti, avant de se laisser tomber lourdement sur sa chaise en soupirant.

Dans quoi s'était-elle embarquée ?

CHAPITRE 3

Dans quoi s'était-il embarqué ?

La réponse à cette question était assez évidente, songea Andrew en suivant Rose à travers le lieu de réception. Il avait accepté de superviser les préparatifs du mariage de son frère malgré un emploi du temps déjà bien rempli par l'enregistrement d'une émission télévisée stressante et par son travail de chef-invité dans le restaurant cinq étoiles d'un de ses amis, deux soirs par semaine.

S'il s'infligeait cela, c'était pour la simple et bonne raison qu'il ne pouvait pas supporter l'idée que le menu servi au mariage de son frère ne soit pas spectaculaire.

Sa famille n'aurait même pas remarqué la différence, mais lui, si.

Passionné par la cuisine depuis son enfance, Andrew avait farouchement tenu tête à ses parents, qui voulaient qu'il suive des études de médecine comme son frère. La cuisine était toute sa vie. Andrew ne pouvait rester les bras croisés lorsqu'il voyait un cuisinier qui n'exerçait pas son métier avec la même implication que lui.

— Voici notre roseraie, annonça Rose. Certains

couples choisissent de prononcer leurs vœux ici sous l'arche, mais il me semble que votre frère et sa fiancée préfèrent une cérémonie à l'intérieur ?

Andrew hocha la tête. Le jardin était magnifique, mais Phil et Nancy lui avaient fait part de leurs idées bien arrêtées sur leur mariage. Ils n'avaient pas le temps de participer à tous les préparatifs, mais ils étaient persuadés qu'Andrew était plus disponible.

— Nous allons organiser un rendez-vous avec Phoebe Davis, notre fleuriste, pour que vous puissiez discuter avec elle des arrangements. Quant à la styliste, Ann Farleigh, elle a déjà bien avancé sur la robe grâce aux idées que lui a envoyées Nancy. Votre future belle-sœur pourra être présente pour le dernier essayage, n'est-ce pas ?

Andrew fit un geste d'impuissance.

— Vous pouvez vous adresser à moi pour tout, sauf pour la robe.

Le jardinier s'avança vers eux en faisant signe à Rose de venir lui donner son avis sur les nouvelles plates-bandes. Le téléphone d'Andrew sonna à ce moment-là, et supposant qu'il allait prendre son appel, Rose le pria de l'excuser et s'éloigna. Il crut l'entendre dire au jardinier de ne pas la déranger quand elle était avec un client.

— Ne vous inquiétez pas, je ne vous salirai pas, vous ou vos clients, se contenta-t-il de lui répondre en souriant, avant de lui montrer les plates-bandes au coin de la bâtisse.

Andrew baissa les yeux vers l'écran de son portable.

C'était Sandy, son assistante. Elle l'appelait sans doute pour lui parler des derniers détails sur la séquence qui serait enregistrée un peu plus tard dans la journée.

Sa nouvelle émission était d'une grande simplicité par rapport aux programmes culinaires. Andrew cuisinait en direct dans un studio, devant un public. Ce n'était pourtant pas si facile qu'il y paraissait car le producteur tenait à ce qu'Andrew soit consulté au sujet du moindre détail. Sa dernière question concernait la disposition de la salière et du poivrier sur le plateau ; il voulait être certain qu'ils ne provoquaient pas de problèmes d'éclairage sur la table.

Une fois n'était pas coutume, Andrew laissa le répondeur s'enclencher. Sandy ne ressemblait en rien à l'assistante d'un grand chef cuisinier, mais elle était extrêmement compétente. Quand Andrew l'avait embauchée, le producteur lui avait dit qu'il ne voyait pas comment une jeune fille de vingt-cinq ans avec autant de piercings pourrait faire une bonne assistante. Sandy avait accepté ses remarques sans broncher et lui avait montré qu'il avait eu tort.

Mais Andrew était en train de penser à une autre femme. Une femme qui ne semblait pas avoir les cheveux teints, et qui aimait les couleurs vives sur les assiettes qu'elle servait plutôt que sur sa tête. Une femme à qui il venait de proposer de travailler.

Julie Delgado.

Il l'avait immédiatement reconnue. Ce n'était pas une personne qu'on oubliait facilement, et pas uniquement parce qu'elle était belle. Les jolies femmes ne manquaient pas dans l'environnement professionnel d'Andrew, et il avait eu son lot d'aventures. Cela ne durait jamais longtemps car Andrew finissait par se rendre compte qu'elles étaient plus intéressées par son statut de célébrité que par lui-même, ou bien parce qu'elles décidaient qu'il y avait mieux dans la vie que la cuisine.

Généralement, il y avait des deux.

Mais Julie était différente. Andrew n'aurait su dire exactement pourquoi, mais il avait la certitude qu'elle n'était pas comme les autres femmes qu'il avait connues.

Il s'en était déjà rendu compte quand il avait testé son restaurant. Elle était venue dans la salle à manger pour vérifier que son repas se passait bien, et, en regardant ses beaux yeux marron, il avait failli revoir sa critique. Pour finir, Andrew avait décidé d'être honnête.

Mais qu'est-ce que Julie faisait ici ?

Il avait appris que son restaurant avait fermé, mais s'était dit qu'elle se ferait sûrement employer dans un grand restaurant de San Francisco. Elle possédait sans aucun doute les compétences techniques nécessaires. À l'époque où il gérait ses propres restaurants, Andrew lui aurait volontiers proposé une place dans sa cuisine.

Dans ta cuisine ? Ou dans ton lit ?

Andrew s'avoua que Julie Delgado éveillait son intérêt d'une manière différente des autres femmes.

Voyant Rose revenir vers lui, Andrew s'efforça de se reconcentrer sur le mariage de son frère. Elle lui donna d'autres détails sur le mariage, mais Andrew n'écoutait plus que d'une oreille. Il était trop occupé à penser aux magnifiques yeux sombres de Julie Delgado et à ses lèvres sensuelles. Même dans sa tenue toute simple, elle était éblouissante.

Andrew avait eu du mal à détacher son regard de la jeune femme. En temps normal, il n'aurait pas hésité à lui proposer d'aller prendre un verre avec lui, mais cette fois, la situation était plus compliquée.

— Parlez-moi de Julie, demanda Andrew en s'efforçant de prendre un air détaché.

Une lueur d'inquiétude traversa le regard de Rose.

— Je sais que le menu ne correspondait pas exactement à vos attentes, mais je crois vraiment que si vous lui laissez une chance…

— Elle est excellente d'un point de vue technique, l'interrompit Andrew. Mais j'aime en apprendre un peu plus sur les gens avec qui je travaille. Elle est ici depuis longtemps ?

— Quelques jours seulement, répondit Rose, sans s'arrêter de marcher. Sa tante, Evie, était responsable du service traiteur chez nous, mais malheureusement elle a dû prendre sa retraite pour des raisons de santé.

Rose se tut quelques instants et prit un air sincèrement attristé.

— C'est donc la première fois que Julie cuisinera pour un mariage ?

— Oui, mais sachez qu'elle nous a été chaudement recommandée. Elle possédait son propre restaurant, le

Delgado. Je suppose que vous en avez entendu parler.

Rose souhaitait visiblement que le mariage se déroule sans accroc, mais Andrew se rendit compte qu'elle se préoccupait aussi sincèrement des gens qui travaillaient pour elle. Si elle apprenait que sa critique avait précipité la fermeture du restaurant de Julie, peut-être essayerait-elle de le dissuader de travailler avec elle. Mais Andrew était trop habitué à obtenir ce qu'il voulait pour laisser cela se produire.

Julie et lui travailleraient ensemble pour le mariage de son frère, et si Andrew ne s'était pas trompé, peut-être que l'attirance si évidente entre eux évoluerait comme il l'espérait.

Et si ce n'était pas le cas, cela lui permettrait tout au moins de voir ce dont Julie était capable. Elle possédait les compétences techniques nécessaires et avait un bon palais pour équilibrer les saveurs. Elle était douée pour la présentation des assiettes et savait gérer la préparation simultanée de plusieurs plats… Elle avait donc toutes les cartes pour être bien plus qu'un simple chef.

Andrew était cependant conscient que ce n'était pas suffisant. Le plus important était ce qu'on faisait de ces cartes.

La sonnerie de son portable retentit de nouveau. Cette fois, Andrew répondit, après s'être excusé auprès de Rose.

— Vous ne décrochez plus votre téléphone ? demanda son assistante.

— De quoi s'agit-il cette fois ? Les éclairagistes ont-ils

encore une fois besoin de ma permission pour changer la nuance du filtre sur les projecteurs principaux ? demanda Andrew sur un ton ironique. Voyons, Sandy, tu es capable de gérer cela.

— Bien sûr, aucun problème. Mais on a vraiment besoin de vous au studio.

— Comme tu le sais, je suis occupé par les préparatifs du mariage de mon frère et de sa fiancée. C'est le cadeau que je leur fais.

— Et je suis toujours d'avis que vous êtes fou d'avoir accepté. Vous pourriez offrir un vase à Phil et lui dire de se débrouiller lui-même avec son mariage. Je veux bien m'en charger si vous voulez. Parce que franchement, vous avez déjà suffisamment à faire ainsi.

Andrew ne put s'empêcher de sourire face à l'attitude protectrice de son assistante.

— Tu sais que je pourrais te virer ?

— Ouais. Cela m'épargnerait toutes ces conversations interminables avec le producteur, qui veut savoir pourquoi nous n'avons pas aimé les plats surgelés qu'il a commandés pour nous.

Elle n'avait pas tort, mais Andrew devait faire comprendre à son assistante que c'était encore lui qui décidait.

— Écoute, cela ne sert à rien que j'arrive au studio avant la fin d'après-midi, alors…

— Mais c'est justement ce que j'essaie de vous dire, rétorqua Sandy. Ces idiots ont changé le planning. Ils ont soi-disant envoyé un e-mail, mais je ne l'ai jamais reçu. En tout cas, cela fait déjà vingt minutes qu'ils vous attendent sur le plateau.

En temps normal, Andrew n'aurait pas laissé l'abruti du studio se moquer ainsi de lui. Mais s'il tenait à ce que sa nouvelle émission démarre sur le bon pied, il allait devoir abréger sa visite au *Rose Chalet*.

— Je suis désolé mais je dois y aller, annonça-t-il à Rose en rangeant son portable dans sa poche.

— Vous avez l'intention de revenir, n'est-ce pas ? demanda Rose. Pour revoir le menu et parler des fleurs ? Il y a beaucoup de décisions à prendre.

Andrew repensa alors à Julie Delgado. Faire la cuisine était une activité à la fois personnelle et relationnelle, comportant une part de magie malgré la pression de tous les instants.

Il n'y avait rien de tel pour apprendre à connaître une personne. Et cuisiner pour quelqu'un – ou l'inverse – était un moyen unique de créer des liens.

— Oui, répondit-il à Rose. J'ai bien l'intention de revenir.

CHAPITRE 4

Julie débarrassa la salle à manger en empilant avec précaution les assiettes, puis les rangea soigneusement dans le lave-vaisselle. Après tout ce qui s'était passé, elle voulait à tout prix éviter de casser une assiette.

Et elle voulait aussi à tout prix se sortir Andrew Kyle de la tête.

Mais c'était plus facile à dire qu'à faire. Tout d'abord, à cause de ses fossettes. Et puis, aussi parce qu'il avait impitoyablement dénigré tous ses efforts, exactement comme il l'avait fait avec son restaurant. Julie savait qu'elle n'avait pas à rougir de ce qu'elle avait préparé et qu'elle avait fait du bon travail. Et pourtant, Andrew n'avait rien trouvé de mieux à faire que lui reprocher ses plats « ternes ».

Pour qui se prenait-il ?

Un chef célèbre et brillant, à l'évidence, mais était-ce une raison ? De quel droit avait-il ainsi démoli devant Rose son menu pensé avec soin ? Julie allait désormais devoir travailler deux fois plus pour convaincre sa patronne temporaire qu'elle était la personne qu'il lui fallait pour le poste de cuisinière en chef du *Rose Chalet*.

Andrew avait le pouvoir de faire démarrer ou de détruire une carrière. Quelle autosatisfaction cela devait-il lui procurer ! Julie n'en revenait pas de la manière détachée avec laquelle il avait suggéré qu'il devait intervenir et l'« aider ». En d'autres termes, surveiller et critiquer tout ce qu'elle faisait. Il avait un de ces culots !

Malheureusement, elle ne connaissait que trop bien ce genre d'hommes, qui avaient une confiance absolue en eux et étaient persuadés qu'il leur suffisait de claquer des doigts pour que les femmes accourent. C'était l'une des principales raisons pour lesquelles Julie ne voyait personne en ce moment.

Pour être totalement honnête, Julie devait cependant admettre que ce n'était pas vraiment l'impression que lui avait donnée Andrew quand il avait critiqué son menu de mariage.

À vrai dire, il lui avait même paru plutôt gentil. Sérieux en ce qui concernait la cuisine, mais pas méchant. Ni goujat.

Elle respira profondément à plusieurs reprises et se rappela qu'il ne fallait pas se fier aux apparences. Elle l'avait appris à ses dépens plus d'une fois. Andrew Kyle avait beau avoir l'air gentil, elle ne ferait pas l'erreur de faire confiance à un homme qui avait une si grande part de responsabilité dans les malheurs qui lui étaient arrivés.

— Salut Julie !

Julie se retourna vivement et tomba sur Phoebe, la fleuriste du *Rose Chalet*. Perchée sur des talons et vêtue d'une robe sombre, elle était aussi élégante et belle qu'à l'ordinaire. En voyant ses cheveux parfaitement coiffés, Julie songea que les siens devaient être tout frisés après les heures qu'elle avait passées dans la cuisine chaude.

Au lieu de la saluer à son tour, elle lâcha un profond soupir.

— Dure journée ?

— Désolée, répondit Julie, c'est juste cet homme qui…

Elle s'arrêta net, consciente que si Rose la surprenait en train de dire du mal du frère du marié, elle la mettrait aussitôt à la porte.

Et même si Phoebe était beaucoup plus détendue que Rose, elles étaient encore sur leur lieu de travail. Du reste, elle en avait manifestement dit assez car Phoebe s'approcha d'elle et posa une main réconfortante sur son bras.

— Tu ne devrais pas te laisser atteindre ainsi par un homme, dit Phoebe. Aucun d'eux n'en vaut la peine.

Julie savait qu'elle n'aurait pas été autant blessée par l'avis d'Andrew sur sa cuisine s'il s'était agi de quelqu'un d'autre. Mais, c'était l'un des plus grands chefs de la ville, et elle avait rarement mangé des plats aussi bons que dans ses restaurants.

Il devait vraiment la prendre pour une ratée. Pas seulement à cause de la faillite de son restaurant. Mais aussi parce qu'elle l'avait laissé rabaisser sa cuisine, et ce, deux fois de suite, qui plus est !

Je ne suis pas une ratée, se dit-elle en jetant une casserole en métal dans l'évier, et en l'écoutant résonner bruyamment avec satisfaction. *Mais il ne le sait pas, n'est-ce pas ?*

Julie comprit soudain pourquoi elle était aussi déprimée depuis le départ d'Andrew. Ce n'était pas parce qu'elle doutait de sa capacité à préparer un superbe repas pour le mariage de son frère, mais parce qu'elle ne s'était pas défendue. Elle n'avait même pas essayé.

C'était une chose d'être une ratée qui n'avait pas réussi à garder son restaurant. C'en était une autre d'être en plus une lâche.

Phoebe la dévisagea avec inquiétude.

— Julie ?

— Je pense que j'ai terminé pour aujourd'hui, mais si Rose te demande où je suis, pourras-tu lui dire que j'avais une course très importante à faire ?

— Bien sûr, répondit Phoebe. Mais tu es sûre que ça va ?

— Ça ira mieux bientôt, répondit-elle en espérant qu'elle disait vrai.

Elle arracha son tablier d'un geste, s'empara de son sac à main et se précipita vers le parking du *Rose Chalet,* juste à temps pour voir Andrew monter dans une Porsche cabriolet argentée et s'éloigner. Elle bondit dans la voiture de sa tante et partit à sa poursuite.

Sur une voie rapide, Julie n'aurait jamais été capable de le suivre. Andrew conduisait une voiture de sport rapide et maniable, tandis que la vieille Volvo de sa tante avait plus vocation à accueillir un maximum de passagers et de sacs de courses.

Andrew passait d'une voie à l'autre quand la route était large, slalomait entre les voitures, accélérait lorsque les feux passaient au rouge et prenait les virages avec une telle vitesse que si la police avait été dans les parages, il se serait sans doute fait arrêter. Julie dut fait appel à tous ses talents de conductrice pour ne pas le perdre de vue. Elle voulait à tout prix éviter d'avoir un accident en le filant.

Quelques instants plus tard, elle le vit aborder un virage très serré. Refusant de se faire distancer par Andrew, elle appuya résolument sur le klaxon pour avertir les automobilistes devant elle. Même un vélo aurait eu des difficultés à passer, mais Julie parvint à se faufiler entre les voitures, tandis que les autres conducteurs s'écartaient de son chemin.

Julie apercevait encore la Porsche d'Andrew, mais de très loin. Lorsqu'il bifurqua une nouvelle fois, elle décida de tourner dans la rue qui se trouvait sur sa droite, espérant ainsi prendre un raccourci et rattraper son retard. Elle ne perdait rien à essayer.

Ou peut-être que si.

Julie freina brutalement, et les voitures qui arrivaient dans sa direction en firent autant. Un concert de klaxons retentit tandis qu'elle faisait marche arrière. Elle s'enfonça sur son siège en essayant de se faire aussi petite que possible derrière son volant.

Qui a eu la bonne idée de mettre cette rue en sens unique ?

Mais ce n'était pas le moment de s'attarder sur cette question. Le plus important n'était pas non plus de s'échapper avant que la situation s'envenime, ou de prier pour que le sol s'ouvre sous ses pieds et l'engloutisse.

L'unique préoccupation de Julie était qu'elle ne voyait plus la voiture d'Andrew.

Il avait disparu.

En temps normal, elle aurait abandonné. Mais elle comprit qu'il fallait parfois aller jusqu'au bout de sa bêtise, si elle ne voulait pas se sentir encore plus bête d'avoir agi ainsi, sous le coup de l'impulsion, sans même atteindre le but recherché.

Ce n'était peut-être pas un problème pour de nombreuses émissions de télé-réalité, mais pour elle, si.

Conduisant plus prudemment, elle s'engagea dans la direction dans laquelle était parti Andrew, dans l'espoir d'apercevoir au loin la Porsche. Cinq minutes plus tard, elle finit par tomber sur ce qu'elle cherchait : l'élégante voiture était garée devant un bâtiment massif et disgracieux qui ressemblait à un gros tas de béton posé là par hasard. Sur une pancarte en haut, on pouvait lire en grandes lettres « Studios Cuisine Channel ».

Julie entra dans le parking et se gara sur la dernière place libre. En sortant de sa voiture, elle sentit son estomac se nouer. Que dirait-elle exactement une fois qu'elle serait à l'intérieur ? Si seulement elle avait pu y réfléchir pendant le trajet, au lieu de devoir conduire comme un pilote de rallye pour arriver à destination.

Un agent de sécurité s'avança vers elle.

— Vous avez besoin d'aide, Madame ?

Julie décida de dire la vérité.

— Je suis venue voir Andrew Kyle.

— Vous n'avez pas non plus reçu le message concernant l'avancement du tournage, c'est ça ? (L'agent de sécurité lui montra le bâtiment d'un geste.) Je l'ai vu entrer il y a à peine une ou deux minutes. Le studio est au deuxième étage.

Julie ne perdit pas de temps à essayer de comprendre ce qu'il voulait dire au sujet du tournage et s'engouffra dans l'escalier. Personne ne tenta de l'arrêter, sans doute parce que tous les individus qu'elle croisait semblaient trop occupés pour faire attention à elle. Deux hommes se disputaient devant un ensemble de câbles emmêlés, et des gens couraient en tous sens avec des tasses de café et des piles de papier. Tout le monde semblait terriblement stressé.

Julie avait le sentiment d'être exactement dans le même état esprit.

Elle se demanda si Andrew Kyle était au centre de toute cette agitation. S'il l'était, elle comprenait mieux pourquoi il se croyait autorisé à se comporter avec autant d'entêtement et d'arrogance. Savoir que c'était pour lui que tous ces gens couraient partout devait lui donner l'impression d'avoir tous les droits.

Mais Julie se ferait un plaisir de l'informer que ce n'était absolument pas le cas... du moins si elle parvenait à le trouver.

L'entrée des studios du deuxième étage était gardée par un machiniste corpulent qui fit attendre Julie quelques minutes avant de la laisser passer. Le chaos à l'extérieur était indescriptible, mais celui qui régnait sur le plateau était sans doute pire encore. Une cuisine était installée au centre, encerclée par des caméras, des câbles et des projecteurs. En face était installé le public : tous les sièges étaient occupés par des amateurs de cuisine qui bavardaient avec animation. L'enregistrement de l'émission n'avait pas encore commencé, et plusieurs membres de l'équipe de tournage s'affairaient encore sur le plateau.

Au beau milieu de ce désordre, Julie aperçut Andrew, précisément à l'endroit où elle pensait le trouver. Il était appuyé sur l'un des plans de travail de la cuisine et semblait plongé dans ses pensées.

Elle s'avança vers lui, mais une jeune femme avec des cheveux roux flamboyants et de nombreux piercings vint lui barrer la route. Elle tenait un bloc-notes à la main.

— Désolée, dit-elle sur un ton laissant penser que sa patience avait été mise à l'épreuve plus d'une fois ce jour-là. Les spectateurs ne sont pas autorisés à venir sur le plateau, je vais donc vous demander de regagner votre place. Mais sachez qu'Andrew sera à la disposition du public pendant un petit moment après l'émission.

— Je ne fais pas partie du public. Je suis Julie Delgado et je suis censée préparer un menu avec Andrew, mais...

— Attendez une minute, vous faites la cuisine avec lui ?

La jeune femme passa en revue ses papiers avec un air perplexe, puis tourna les yeux en direction d'un petit groupe de machinistes qui discutaient avec animation. À en juger par le regard noir qu'elle leur lança, ils pouvaient sans doute s'estimer heureux qu'elle ne soit pas armée.

— Je n'arrive pas à croire que le producteur fasse encore des changements de dernière minute. Je le leur ai dit : trop, c'est trop !

— Vous avez mal compris, s'efforça d'expliquer Julie. C'était l'idée d'Andrew. Il…

— C'est *Andrew* qui veut faire un changement ? Sans même m'en parler ? Attendez ici, je vous prie. J'aimerais avoir une petite conversation avec lui.

Quelques instants plus tard, à sa grande surprise, Julie vit Andrew lui sourire de loin et lui faire signe de s'approcher. Elle s'avança vers lui en s'intimant de rester ferme, malgré ses fossettes, et malgré la joie qu'il semblait éprouver à la voir. Mais pourquoi diable serait-il heureux de la voir ?

Julie se prépara psychologiquement à lui dire sur un ton déterminé que malgré l'importance de ce mariage pour le *Rose Chalet*, il ne pouvait simplement pas la traiter ainsi. Elle s'apprêtait à prendre la parole lorsqu'une voix retentit derrière les projecteurs :

— Ok, tout le monde est prêt ? On tourne.

CHAPITRE 5

Julie n'eut même pas le temps d'expliquer qu'elle n'avait rien à faire sur le plateau. Andrew avait déjà commencé à parler face à la caméra avec l'aisance de quelqu'un qui passait régulièrement à la télévision.

— Bonjour et bienvenue sur le plateau de *Cuisine & Créations*. Je suis Andrew Kyle, et aujourd'hui je reçois Julie Delgado, qui est cuisinière à San Francisco. Julie va m'aider à revisiter la recette de la quiche classique.

Ah bon ? Depuis quand ?

Julie s'apprêtait à protester comme elle aurait dû le faire depuis longtemps, quand elle se rendit compte qu'elle était prise au piège au milieu d'un large cercle de projecteurs. Les mots moururent sur ses lèvres, soudain devenues sèches.

— Les plats classiques sont parfaits quand on veut préparer un bon repas à la maison. Mais, selon moi, il est important d'expérimenter et de faire la cuisine à sa manière, au lieu de suivre toujours les mêmes recettes. Vous n'êtes pas d'accord, Julie ?

Cette question était-elle destinée à la déconcerter ?

Résolue à ne pas se laisser intimider aussi facilement,

elle répliqua :

— Je pense que les recettes classiques le sont pour une bonne raison.

Andrew se mit à rire et se tourna légèrement pour s'adresser au public du studio.

— Je vois qu'il ne va pas être facile de convertir Julie à ma manière de cuisiner. (Il lui lança un regard non dépourvu de tendresse, avant de se retourner vers le public.) Qu'est-ce que vous en pensez ? Un petit concours s'impose-t-il ?

Ces paroles déclenchèrent inévitablement les acclamations des spectateurs, qui avait été briefés pour applaudir à tout ce qu'il proposait. Julie serra les dents. Elle était venue mettre les choses au clair entre eux pour se défendre, et non pour se laisser entraîner dans une bataille culinaire avec lui. Il n'était pas fair-play de sa part de la forcer ainsi à participer à son émission, mais cela ne l'étonnait pas qu'un homme comme lui n'en fasse qu'à sa tête, sans se préoccuper de ce que les autres pouvaient penser.

Julie était tentée de le laisser en plan et de partir, rien que pour voir la réaction de son cher public.

Mais elle savait ce qui se passerait. C'était à elle que les spectateurs en voudraient. Ils diraient qu'elle n'avait pas joué le jeu et plaindraient le pauvre Andrew d'avoir été confronté à une invitée aussi difficile. De plus, l'émission se déroulerait sans doute très bien sans elle. Quitter le plateau ne la mènerait donc à rien.

Si ce n'était qu'elle baisserait encore dans l'estime

d'Andrew.

Non, Julie n'avait pas l'intention de le laisser gagner. Elle regarda alors la caméra avec son plus beau sourire.

— Bien sûr, répondit-elle. J'accepte le défi.

Andrew parut extrêmement satisfait de sa réponse, mais Julie espéra que cela n'allait pas durer.

— Nous allons chacun préparer une quiche de notre choix. Les téléspectateurs pourront ainsi se faire une idée de la différence entre la recette traditionnelle et la version revisitée avec une touche de modernité.

Sans attendre qu'il lui dise de commencer, Julie se mit à choisir ses ingrédients.

Une quiche. C'était un plat si simple à réaliser. Une pâte brisée, des œufs, de la crème fraîche, du fromage et quelques ingrédients simples pour la garnir, comme des lardons ou des légumes. C'était très facile. Beaucoup trop facile évidemment pour qu'Andrew Kyle la prépare ainsi. C'était probablement la raison pour laquelle ils avaient à disposition de nombreux autres ingrédients. Il y avait toute une sélection d'herbes et d'épices, ainsi que quelques fruits et légumes peu communs.

Julie se concentra sur la recette qu'elle connaissait. Elle fit le vide autour d'elle : c'était toujours ainsi qu'elle procédait.

Sauf que… Elle aurait dû se douter qu'Andrew ne lui faciliterait pas la tâche.

— Eh bien, dites-moi, Julie, commença-t-il, alors qu'elle essayait de se rappeler la quantité de muscade qu'elle ajoutait habituellement pour parfumer l'appareil.

Quelle est votre approche aujourd'hui ?

— Je vais faire les choses de façon appropriée, répondit Julie. Les recettes classiques ont fait leurs preuves, et même si elles ne sont pas très à la mode aujourd'hui, c'est parfois la meilleure manière de procéder.

— Ce n'est pas une question de mode, répliqua Andrew en prenant une poignée de céleri qu'il écrasa avec des pommes de terre, mais d'évolution du monde de la cuisine. Nous pouvons rester ancrés dans le passé ou bien innover.

— Je le répète, dit Julie le plus calmement possible, si les plats classiques sont des classiques, c'est parce que les gens sont capables de reconnaître la bonne cuisine et qu'ils aiment partager les recettes qui leur plaisent.

Andrew sourit.

— Vouloir faire plaisir avec sa cuisine ne veut pas dire qu'il faille se fermer à toute expérience, n'est-ce pas, Julie ?

Elle décida d'ignorer sa question, beaucoup trop directe, pour se concentrer sur la texture de sa pâte. Avec un peu de chance, Andrew allait devoir expliquer au public la manière dont il préparait sa quiche et l'oublierait pour un moment.

Malheureusement, il ne semblait pas en avoir terminé avec elle.

— Je sais que vous avez tenu un restaurant, Julie. Selon vous, quelle est la chose la plus importante pour faire de la bonne cuisine ?

Waouh ! Il le disait enfin haut et fort : *il se souvenait d'elle.*

Les soupçons de Julie étaient donc fondés. Pour lui, il s'agissait juste d'un jeu tordu.

Elle leva le menton et le regarda droit dans les yeux en s'efforçant de parler d'une voix ferme :

— Je pense que le plus important est de servir aux gens ce qu'ils veulent vraiment manger. Certains chefs font tant d'efforts pour prouver qu'ils sont brillants qu'ils finissent par se laisser emporter et par oublier ceux qui dépensent de l'argent parfois durement gagné pour pouvoir goûter leur cuisine.

Andrew hocha la tête comme s'il approuvait ses paroles, puis déclara :

— Pour moi, le plus important est la passion.

Une expression narquoise s'afficha sur le visage de Julie.

— Je crois que j'ai lu quelque chose au sujet de votre dernière « passion » dans la presse à scandale.

Sa riposte fit rire les spectateurs. Julie fut dépitée de voir Andrew se joindre à l'hilarité générale.

— Que voulez-vous, je suis un homme très passionné. (Il adressa un clin d'œil au public en extase.) Mais sachez que je parlais de la passion pour la nourriture. Je veux que ma cuisine soit le reflet de moi-même. Que les plats que je crée disent quelque chose sur moi.

— Vous n'avez pas un agent pour cela ?

Les paroles de Julie déclenchèrent un nouvel éclat de

rire du public, mais avant même qu'elle puisse s'en réjouir, Andrew sourit et haussa les épaules.

— Bien sûr que si. Mais j'ai toujours pensé que ma cuisine en disait plus long sur moi qu'une photo dans un journal.

Comprenant qu'elle ne pourrait avoir le dernier mot avec un présentateur de télévision qui avait réponse à tout, Julie entreprit de se reconcentrer sur son travail. Elle battit ses œufs énergiquement, en se félicitant que la recette lui permette de se défouler un peu.

L'ennui était que, quoi qu'elle fasse, cela ne suffirait pas. Sa quiche pourrait être la plus parfaite jamais réalisée, Andrew déclarerait probablement qu'elle était médiocre. Et tous les spectateurs autorisés à y goûter se rangeraient certainement à son avis. Après tout, quel intérêt auraient-ils à contredire ce chef qui était une véritable star ?

Que faire alors ? Devait-elle abandonner ? Refuser de se prêter au jeu plus longtemps ? Non, décida-t-elle sans hésiter longtemps, cela ne rimerait à rien non plus. Il fallait qu'elle trouve autre chose.

Julie regarda les ingrédients disposés sur le plan de travail. Quel serait le résultat si elle ajoutait un peu de sauce Tabasco et quelques épices originales dans sa quiche pour lui donner une autre dimension gustative ?

Était-il raisonnable de prendre ce risque ? Elle savait précisément ce qui arrivait quand elle expérimentait ainsi. Les gens se plaignaient, ils ne mangeaient pas ce qu'elle avait préparé. Et elle se sentait terriblement mal.

Elle ne devrait vraiment pas faire preuve de fantaisie ainsi à la dernière minute, encore moins devant un public aussi nombreux.

Cependant, alors que les spectateurs écoutaient avec attention Andrew leur raconter une anecdote sur l'une des cuisines dans lesquelles il avait travaillé, Julie ne put s'empêcher de saisir plusieurs bocaux. N'ayant encore jamais utilisé ces ingrédients dans une quiche, elle n'avait aucune idée des proportions. Il ne lui restait plus qu'à faire confiance à son goût et à son odorat… et à croiser les doigts.

Lorsqu'Andrew termina son histoire, tous les ingrédients étaient déjà intégrés dans sa quiche.

Le mal était fait.

Quelques instants après, Andrew glissa sa quiche dans le four à côté de celle de Julie.

— Et… coupez ! cria le réalisateur.

Julie poussa un soupir de soulagement. C'était le moment de s'enfuir, de quitter le studio en courant aussi vite que ses jambes le lui permettaient. Surtout avec la quiche qu'elle avait préparée. Si elle partait, peut-être que la séquence enregistrée ne serait pas exploitable et, qu'ainsi, elle ne serait pas la risée de la communauté des chefs plus encore qu'elle ne l'était déjà.

Je pensais que tu ne voulais pas qu'il te prenne pour une lâche ?

Julie savait que la voix qui résonnait dans sa tête avait raison. Elle était venue lui dire ses quatre vérités, et enfin, elle en avait l'occasion. Elle s'avança vers lui, mais l'assistante d'Andrew, qui avait fini pas se présenter comme Sandy, la guida vers une chaise pliante et resta debout à côté d'elle, comme si elle était personnellement chargée de veiller à ce qu'elle reste là.

Deux autres séquences furent filmées, pendant lesquelles Andrew partagea des conseils culinaires et répondit aux questions du public avec éloquence et humour. Julie ne parvenait pas à détacher son regard de lui. Ce n'était pas uniquement parce qu'il était beau, même si cela y était certainement pour quelque chose.

Elle était fascinée par le plaisir qu'il semblait prendre à ce qu'il faisait.

Il paraissait véritablement enthousiasmé par tout ce qui touchait à la nourriture, qu'il s'agisse de montrer une manière facile d'ouvrir des fruits de mer ou bien de réaliser un dessert élaboré à partir d'ingrédients disposés sur la table.

La passion.

Julie ne voulait pas utiliser ce mot après son échange avec Andrew, mais c'était vrai. Sa passion pour la nourriture et la cuisine se ressentait dans chaque phrase qu'il prononçait devant la caméra.

Quelques instants plus tard, elle dut retourner sur le devant de la scène et reprit sa place à côté d'Andrew. Tournant le dos au public, il s'adressa à elle à voix basse :

— Je suis désolé d'apprendre que votre tante a eu des problèmes de santé. J'espère qu'elle va mieux.

Julie leva les yeux vers lui avec surprise. Comment était-il au courant ?

Il avait dû prendre le temps de parler d'elle avec Rose après la dégustation. Mais pourquoi ?

Julie répondit en bafouillant que sa tante se portait bien et qu'elle devait juste ralentir le rythme. Le réalisateur ordonna alors aux cameramen de se remettre à filmer.

— Julie Delgado est de retour parmi nous, déclara Andrew en direction du public, avant de se tourner pour ouvrir le four. Tout à l'heure, nous avons chacun préparé ce que nous estimions être la quiche parfaite. Voyons maintenant le résultat. Julie, vous avez pris le parti de faire une quiche traditionnelle, c'est bien ça ?

— Pour finir, j'ai un peu modifié la version classique, avoua Julie, consciente qu'il valait mieux prévenir Andrew. J'ai intégré quelques épices, ainsi qu'un peu de sauce Tabasco.

Andrew haussa les sourcils.

— Et moi qui pensais que j'étais un cuisinier anticonformiste. (Il attendit que les gloussements du public se calment avant de reprendre la parole.) Il est temps de déguster. À propos, sachez que vous trouverez l'ensemble des recettes sur notre site Internet.

Ils commencèrent par la quiche d'Andrew, et Julie dut admettre qu'elle était phénoménale. Il avait transformé une recette simple de tous les jours en un plat complexe et exquis.

Quand vint le moment de goûter sa quiche, Julie prit une bouchée en essayant d'avoir l'air confiante. En réalité, elle observait la réaction d'Andrew en retenant sa respiration. Les secondes s'écoulaient avec lenteur.

— C'est délicieux ! déclara-t-il. Tout simplement parfait, Julie.

Stupéfaite, Julie ne sut que répondre et le dévisagea pendant quelques secondes avec un air ébahi. Étrangement, il était tout aussi silencieux et la regardait fixement.

Elle prit subitement conscience qu'elle était tout près de lui… et qu'elle aurait voulu être plus près encore. Heureusement, il choisit ce moment-là pour se retourner vers la caméra.

Julie mangea un autre morceau de sa quiche ; elle devait reconnaître qu'elle était vraiment bonne.

À la fin de l'émission, l'agitation qui régnait à son arrivée reprit. Le producteur entraîna Andrew avec lui, et Sandy escorta Julie jusqu'à sa voiture.

— Il y avait une vraie alchimie entre vous. C'est pour cela que l'émission s'est si bien passée, vous savez.

Oui, songea Julie en reprenant la direction du *Rose Chalet*, elle ne se rendait que trop bien compte de l'alchimie entre Andrew et elle. Elle était si forte qu'elle avait complètement oublié de lui dire ce qu'elle pensait de son attitude.

CHAPITRE 6

Le lendemain, Rose appela Julie dans son bureau dès son arrivée.

— Je te préviens un peu au dernier moment, lui dit-elle, mais pourrais-tu réaliser un menu de dégustation ? Je viens de recevoir un appel de clients potentiels très importants, mais aussi très pressés. Tu me rendrais vraiment service. Tyce est déjà en train de préparer des suggestions de musique, et Anne a envoyé une sélection de modèles de robes il y a quelques minutes.

Julie connaissait à peine Tyce, le DJ résident du *Rose Chalet*, car il mixait surtout dans son studio d'enregistrement personnel. Et elle avait seulement croisé Anne, qui semblait bénéficier d'une plus grande liberté que les autres employés selon Phoebe, car elle était une amie proche de Rose.

— Bien sûr, répondit Julie avec un sourire. Il faudrait juste que j'aille acheter quelques ingrédients.

Si Rose souhaitait son aide pour un autre mariage, cela ne signifiait-il pas qu'il pourrait y en avoir un autre après, et ainsi de suite, jusqu'à ce que Julie devienne le chef attitré du *Rose Chalet* ?

C'était exactement ce qu'elle voulait. Un emploi de cuisinière sûr et régulier, sur lequel elle pouvait compter.

Pas *terne*, quoi qu'Andrew puisse en dire.

— À quel moment vont-ils passer ?

— Pas avant seize heures. Je sais que c'est imprévu, mais, s'il te plaît, si tu pouvais faire le maximum pour que le menu soit bon…

— Il sera sensationnel, promit Julie, en se jurant intérieurement qu'il le serait vraiment.

Elle partit vers les marchés et épiceries fines du quartier à la recherche d'inspiration. Rose voulait un repas spécial pour ce mariage, et Julie avait l'intention d'être à la hauteur de ses attentes.

Chaque plat serait spectaculaire, un véritable festin pour les sens. Si son passage dans l'émission d'Andrew lui avait appris quelque chose, c'était qu'elle était capable de faire face à une demande inattendue. Et capable de le faire bien.

Julie avait presque fini ses courses quand elle passa devant sa fromagerie préférée. Elle entra dans le magasin et leva les yeux. Quelle ne fut pas sa stupeur d'y découvrir Andrew, en train de parler avec la femme qui le servait derrière le comptoir.

Elle se demanda comment il faisait : même en choisissant des fromages, il parvenait à rester incroyablement sexy.

Julie réfléchit un instant. Jusqu'à présent, elle ne s'était pas autorisée à penser au moment court mais intense qu'ils avaient passé ensemble la veille sur le plateau, et elle n'avait pas l'intention de commencer.

Mais Andrew se retourna et la vit, et sa promesse devint alors beaucoup plus difficile à tenir. Il lui adressa un sourire qui aurait pu illuminer le magasin entier.

— Julie, c'est amusant de vous croiser ici !

Elle dut se retenir de pousser un soupir de résignation. Elle espérait que sa chance allait tourner, mais ce n'était pas ce que le destin semblait avoir prévu pour elle.

Julie s'efforça de ne pas montrer sa nervosité en voyant Andrew passer en revue les articles dans son panier.

— Je me suis dit que j'allais innover un peu. Rose m'a demandé de préparer un menu pour un couple de futurs mariés qu'elle espère convaincre.

Andrew laissa échapper un petit rire.

— Je savais bien que j'arriverai à vous convertir. Je suis impatient de goûter ce que vous allez cuisiner. Vous avez un peu de temps maintenant ?

— En fait, les clients passent déjà cet après-midi pour la dégustation. Il vaudrait mieux que nous nous retrouvions demain pour travailler.

Ou même jamais.

Elle s'attendait à ce qu'il refuse. Après tout, Andrew était une personnalité et devait avoir un emploi du temps de ministre.

— Demain me va, répondit-il simplement. (Julie resta un instant comme hypnotisée par son sourire.) Mais, seulement si vous acceptez de déjeuner avec moi maintenant, ajouta-t-il.

— Vous voulez déjeuner avec moi ?

Comme s'il se réjouissait de cette perspective, l'estomac de Julie se mit à gargouiller.

— C'est bien ça, dit-il sans cesser de sourire, comme s'il la trouvait adorable.

Julie fronça les sourcils. Elle devait se ressaisir, même si Andrew la faisait littéralement fondre.

— Je n'ai pas beaucoup de temps, répondit-elle sur un ton sec.

N'importe quel autre homme serait parti sans demander son reste, mais Andrew ne se laissa pas démonter :

— Quand est-ce que les clients arrivent ?

— Seize heures, répondit-elle, sachant qu'elle était coincée.

— Cela vous laissera amplement le temps de réaliser un petit miracle culinaire comme vous l'avez fait hier, fit remarquer Andrew en lui adressant un de ses sourires charmeurs. Et si vous avez peur que votre chef se demande où vous êtes, je lui téléphonerai pour lui expliquer qu'il s'agit d'un déjeuner de travail très important, sans lequel une collaboration entre nous sera impossible.

Julie écarquilla les yeux.

— Ne faites pas cela, je vous en prie. Vous n'êtes pas sérieux, n'est-ce pas ? Vous n'allez pas changer de lieu de réception ? Elle me tuerait.

— J'aimerais vraiment que vous veniez déjeuner avec

moi au *Glass Square*, dit-il sans répondre à sa question. Dites oui.

Il avait prononcé le nom du restaurant comme si c'était un simple bistrot, et non un établissement avec une étoile Michelin et une liste d'attente si longue qu'il était inaccessible pour le commun des mortels. Quant aux prix... Julie ne voulait même pas penser à ce que coûterait un déjeuner pour deux.

Et c'était sans parler de son charmant « dites oui », qui avait précipité les battements de son cœur.

— Le *Glass Square* ? C'est vrai ?

— Philippe n'arrête pas de me dire d'y passer, et je suis sûr qu'il serait très heureux de vous rencontrer, répondit-il avec un sourire qui fit ressortir ses fossettes.

Julie ne savait pas ce qui était le plus impressionnant : le fait qu'Andrew semble si bien connaître le chef d'un restaurant aussi réputé, ou qu'il veuille l'emmener déjeuner là-bas. Malgré tout...

— Andrew, commença-t-elle en secouant la tête à contrecœur. Je...

— J'insisterai jusqu'à ce que vous acceptiez, l'avertit Andrew. (Son expression se radoucit.) Je veux me faire pardonner de vous avoir mise au pied du mur hier sur le plateau de mon émission. Vous inviter à déjeuner dans un bon restaurant est la moindre des choses.

Julie pouvait difficilement dire non à cela, même si ce n'était pas du tout les excuses qu'elle attendait après la mauvaise critique rédigée sur son restaurant. Mais elle s'en contenterait. Pour le moment.

— C'est très gentil de votre part, mais j'ai pris le bus pour aller au travail ce matin, et je dois mettre mes courses au frais.

— Ce n'est pas un problème, répondit Andrew. J'ai une glacière dans le coffre de ma voiture.

Bien sûr qu'il avait une glacière dans le coffre de sa voiture. Cet homme avait vraiment réponse à tout !

— Bon, alors allons-y, dit Julie.

Ils rangèrent les produits frais dans la glacière puis partirent en direction du *Glass Square*.

Andrew roula un peu plus calmement que la veille, mais néanmoins au-delà de la vitesse autorisée.

C'était un homme qui aimait repousser les limites, songea Julie, les cheveux au vent.

Andrew n'avait évidemment pas réservé de table, et Julie savait que n'importe quelle autre personne se serait faite éconduire à l'entrée. Un homme grassouillet d'une cinquantaine d'année sortit alors de la cuisine et accueillit Andrew avec un tel enthousiasme qu'il finit même par serrer Julie dans ses bras. Quelques instants plus tard, Philippe frappa dans ses mains et ordonna aux serveurs d'installer une table dans la cuisine. Ainsi, Andrew et Julie pourraient déjeuner tout en le regardant travailler.

— C'est du Philippe tout craché, dit Andrew à voix basse. Il aime faire son show. Surtout devant une jolie femme.

Julie se mit à rire en entendant Andrew Kyle parler de faire son show... et rougit du compliment.

Lorsqu'ils furent installés dans la cuisine, Philippe

ouvrit une bouteille de vin. Andrew conduisait, mais Julie accepta le verre que le chef lui tendait avec un grand geste, trop stupéfaite à l'idée de déjeuner au *Glass Square* pour refuser.

— Je sais que vous ne pouviez pas vous douter que nous nous croiserions, mais, si c'était le cas, je penserais que vous aviez prévu de me rendre pompette, murmura Julie à Andrew.

— Pensez-vous que j'y arriverais ? répondit-il à voix basse, prenant manifestement plaisir à la taquiner.

C'était un plaisir partagé, mais Julie avait conscience que ce ne devrait pas l'être autant. Elle secoua la tête.

— Je prends un verre pour le déjeuner. C'est tout.

Andrew haussa les sourcils.

— Je vois. Il y a encore du travail pour vous faire prendre des risques.

Julie savait qu'il plaisantait, mais, malgré tout, elle dut se mordre la lèvre pour ne pas répliquer vertement.

Sa remarque lui avait rappelé qu'elle avait tout intérêt à se tenir de nouveau sur ses gardes, et elle lui en était reconnaissante. Cependant, le moment qu'elle était en train de vivre était trop exceptionnel pour être gâché par une dispute. La cuisine du *Glass Square* était bien plus petite que celle du *Delgado*, et il y régnait une atmosphère chaude et bruyante. Le personnel s'affairait, hachant les légumes et faisant flamber les desserts, et des ordres fusaient dans toutes les directions. Julie regardait autour d'elle avec émerveillement : malgré le désordre ambiant, chacun faisait exactement ce qu'il était censé faire.

— Votre cuisine ressemble à cela quand vous n'êtes pas à la télévision ? demanda Julie.

Andrew secoua la tête.

— Généralement, c'est pire. (Il sourit.) Du moins quand tout va bien.

Philippe leur apporta l'entrée, puis rôda autour de leur table pendant qu'ils la goûtaient. Il s'agissait de galettes de crabe à la cannelle recouvertes de très fines tranches de jambon croustillantes, reposant sur un lit de légumes variés et servies avec une réduction d'estragon.

À première vue, Julie songea qu'il y avait trop d'ingrédients rivalisant pour être à la première place, mais elle fut surprise en constatant qu'ils se mariaient tous à la perfection. Philippe parut sincèrement ravi lorsque Julie exprima son avis, mais pas autant qu'en entendant Andrew faire l'éloge de sa création. Le corpulent chef s'éloigna alors précipitamment pour s'atteler au plat de résistance.

— On dirait que vous avez le don de rendre les gens heureux, fit remarquer Julie.

— Pas tout le monde, répondit Andrew en lui lançant un regard appuyé.

Le sourire de Julie se figea. Elle ne s'y attendait pas si vite, mais ils en étaient arrivés à un point où il valait tout simplement mieux être honnête. Même si c'était douloureux.

— Ce n'est pas facile, vous savez, de faire de son mieux et de s'entendre dire que ce n'est pas suffisant.

— Je sais, répondit Andrew. Mais je ne veux pas rester regarder quelqu'un gaspiller son talent sans rien faire, Julie. Ce que vous avez préparé hier sur le plateau était phénoménal. Pourquoi ne cuisinez-vous pas toujours ainsi ?

— Parce que je suis consciente de tout ce que j'ai à perdre si les choses se passent mal. (Elle savait exactement ce que c'était de se jeter à corps perdu dans un rêve et d'atteindre l'objectif de toute une vie, tout cela pour voir ensuite son monde s'écrouler comme un château de cartes.) Plus que vous ne pouvez l'imaginer.

Julie regretta aussitôt ses paroles. Elle n'avait pas voulu se mettre ainsi à nu devant lui. Mais elle ne lut pas de pitié dans le regard d'Andrew. Il ne la considérait pas comme une ratée qui ne méritait pas d'avoir son propre restaurant.

Il la regardait avec douceur.

Presque comme s'il avait de l'affection pour elle.

— Je sais que votre restaurant a fermé, dit-il à voix basse, et j'en suis vraiment désolé. Mais, vous ne faites pas seulement allusion à cela, si ?

Elle ouvrit la bouche pour répondre, mais Philippe choisit ce moment pour arriver avec deux délicats soufflés salés accompagnés de légumes croquants présentés en croisillons. Malgré le sérieux de sa conversation avec Andrew, Julie remercia chaleureusement Philippe. Après son départ, elle goûta la cuisine de haut niveau qui se trouvait dans son assiette. C'était divin.

Lorsqu'elle reprit la parole, elle avait déjà dégusté la

moitié de son plat.

— Quand j'étais petite, je n'avais qu'une seule idée en tête, faire la cuisine. J'étais prête à cuisiner n'importe quoi pour n'importe qui. J'invitais les gens du voisinage et je faisais exactement ce que vous semblez vouloir. Je rajoutais des ingrédients surprenants…

— Comme la sauce pimentée dans votre quiche. Cela a fonctionné à merveille, d'ailleurs.

—… et ils… (Elle soupira.) Personne ne voulait manger ce que je préparais, reconnut-elle. Mes parents venaient d'Espagne et faisaient tout leur possible pour m'aider à m'intégrer. Ils ont arrêté de parler l'espagnol devant moi, et pour le déjeuner à l'école, ils me donnaient du pain de mie blanc avec des tranches de fromage fondu jaune sous plastique, et des biscuits Oreo pour le dessert. À leurs yeux c'était la nourriture américaine typique. Je ne sais pas combien de plats j'ai préparés et jetés avant de comprendre que, si je voulais trouver ma place, il fallait que j'arrête d'expérimenter autant et que je me contente de faire ce que les gens avaient l'habitude de manger.

Elle vit avec étonnement une expression de tristesse se dessiner sur le visage d'Andrew.

— Dans ma famille, il n'y a que des médecins et des avocats. Des gens avec des « vrais métiers ». Faites-moi confiance, je sais ce que c'est de ne pas être dans le moule.

Elle voulut lui poser d'autres questions, mais Philippe arrivait à leur table :

— Le déjeuner vous a plu ?

— Il fait partie des meilleurs repas de ma vie, répondit Julie avec un sourire.

Et elle ne disait pas cela uniquement pour la cuisine. C'était inattendu, mais Julie avait passé un moment très agréable avec Andrew.

Philippe les serra dans ses bras pour leur dire au revoir puis retourna avec empressement à ses fourneaux. Julie songea que toutes les bonnes choses avaient une fin.

— Rose doit se demander où je suis passée, surtout avec ce menu de dégustation que je dois terminer pour seize heures. (Elle montra d'un geste la cuisine bourdonnant d'activité en secouant la tête.) Même si franchement, je commence à me demander pourquoi je me donne tant de mal alors que je n'arriverai jamais à quelque chose d'aussi bon que ce que j'ai mangé ici.

— Vous vous sous-estimez, dit Andrew en repoussant sa chaise puis en l'aidant galamment à se lever. Avant que je vous ramène au *Rose Chalet*, pouvez-vous me promettre une chose ?

— Dites-moi d'abord de quoi il s'agit.

— Toujours aussi prudente, je vois.

— En votre présence ? (Elle haussa les sourcils.) C'est certain.

Sa réponse le fit sourire.

— Promettez-moi d'oublier votre prudence cet après-midi. Vous avez de bonnes intuitions, Julie. Si vous vous y fiez, j'ai le sentiment que vous vous en sortirez vraiment très bien.

CHAPITRE 7

À leur arrivée au *Rose Chalet*, Julie et Andrew tombèrent sur Rose.

— Oh ! Andrew, quel plaisir de vous revoir ! (Elle était manifestement surprise de les voir ensemble.) Avez-vous eu le temps de travailler sur le menu de votre frère avec Julie ?

Andrew hocha la tête.

— Nous avons exploré quelques pistes avec un de mes amis chefs. J'espère que vous ne m'en voulez pas de vous l'avoir enlevée pendant une heure ?

Julie se demanda comment il faisait pour rendre les choses aussi faciles. Quoi qu'il en soit, elle fut soulagée en voyant Rose sourire. Elle s'attendait presque à ce qu'elle la mette à la porte à cause de son retard.

— Non, pas de problème, répondit Rose. Mais, j'espère que c'est tout pour aujourd'hui, car Julie a un menu à préparer pour d'autres clients qui viennent cet après-midi.

Julie souleva ses sacs de courses.

— J'ai les ingrédients qu'il faut, tout se passera très bien.

Cette fois, elle commençait vraiment à croire à ce qu'elle disait. Il était si agréable de retrouver sa confiance en soi. Julie n'avait pas manqué d'inspiration ce matin-là en planifiant son menu, mais après son déjeuner au *Glass Square*, elle avait des idées plein la tête.

Sur le plateau de l'émission d'Andrew la veille, elle avait vu ce dont elle était capable lorsqu'elle se fiait à son palais. Et elle était déterminée à servir aux nouveaux clients de Rose un menu différent de tout ce qui avait déjà été fait.

— Et moi, je dois retourner au studio, annonça Andrew. Après le succès de l'émission d'hier, les producteurs aimeraient que nous invitions régulièrement un chef de la ville sur le plateau.

Même s'il n'avait pas fait d'allusion directe, Julie se crispa en songeant que Rose allait faire le lien. Peut-être aurait-elle dû lui parler de son apparition impromptue dans l'émission d'Andrew, mais elle n'en avait pas vraiment eu l'occasion.

Heureusement, Rose ne l'écoutait que distraitement.

— Ce doit être amusant, dit-elle. Désolée, mais j'ai un millier de choses à préparer, je dois filer.

Et ce n'était pas une façon de parler, songea Julie en voyant Rose rentrer à l'intérieur au pas de course.

Elle se tourna vers Andrew.

— Merci pour ce repas vraiment très agréable.

— Tout le plaisir était pour moi, répondit Andrew en la regardant dans les yeux. (Julie sentit sa respiration s'entrecouper.) J'espère vous revoir bientôt. Très bientôt, même.

À ces mots, Julie retint son souffle. Elle regarda la voiture d'Andrew s'éloigner puis se remit à respirer. Tournant les talons, elle se dirigea vers la cuisine, et aperçut Rose qui parlait avec RJ.

Le jardinier avait dû faire une plaisanterie car elle entendit sa chef éclater de rire. Mais elle retrouva rapidement son sérieux et s'empressa de retourner travailler. La propriétaire du *Rose Chalet* ne semblait jamais s'accorder de répit.

Julie se mit également à l'œuvre. Elle commença par écrire son menu puis à préparer les plats qui prenaient forme dans sa tête. Les détails n'étaient pas encore tout à fait au point. Ses idées reposaient davantage sur des souvenirs gustatifs un peu flous que sur les recettes soigneusement élaborées qu'elle suivait habituellement.

Il serait plus prudent d'opter pour un menu qu'elle avait déjà réalisé et qui avait fait ses preuves. Mais, c'était ce qu'elle avait fait pour le menu de mariage du frère d'Andrew, et elle avait vu le résultat.

Et puis, ce jour-là, elle aurait eu l'impression de se mettre des barrières en procédant ainsi.

Elle décida donc de suivre son instinct et de se fier à son odorat et à son goût. Petit à petit, plat après plat, son menu prit forme. Pour l'entrée, elle se décida pour du calamar accompagné de tranches de papaye. En plat de résistance, il y aurait des viandes rouges traditionnelles servies façon sushi sur du riz délicatement parfumé, enveloppé de légumes verts. Cette nouvelle approche était relativement simple, mais elle ferait une différence de taille. Pour le dessert, enfin, elle servirait des crêpes fourrées d'un mélange de baies et de glace, qu'elle ferait flamber à table. Le menu ne manquerait sûrement pas de faire son effet.

Il demandait cependant beaucoup de travail, et le temps filait à toute vitesse. Un peu plus tard, Rose passa la tête dans la cuisine pour lui annoncer l'arrivée de leurs nouveaux clients – qui seraient bientôt Monsieur et Madame O'Neil. Julie s'empressa de compléter le menu qu'elle avait rédigé à la main.

— Ça sent bon, dit Rose. Tu auras terminé à temps ?

Julie hocha la tête. Elle ferait tout ce qui était en son pouvoir pour que la dégustation soit un succès.

— Je vous apporterai les trois plats dans quelques minutes. Comme Andrew l'a dit hier, il est préférable de tout servir en même temps.

— Très bien, si tu t'en sens capable, alors fais-le !

La principale difficulté était qu'elle devait simultanément dresser l'entrée, découper le trio de viande façon sushi et sortir la glace du congélateur. Quelques paires de bras supplémentaires n'auraient pas été de trop.

Mais malgré tout, elle y parvint. Elle souleva les assiettes avec précaution et se dirigea vers la salle à manger, déterminée à ne pas laisser un faux pas gâcher sa présentation parfaite.

Son menu serait bon. Mieux que cela, il convaincrait Rose qu'elle avait besoin de Julie de façon permanente.

Elle en était certaine.

Mais, à la vue du couple qui l'attendait dans la salle à manger, elle sentit son assurance s'envoler. L'homme et la femme étaient un peu plus âgés que ce qu'elle avait imaginé. À en juger par la coupe du costume du futur marié ou par la teinte neutre du rouge à lèvres de la future mariée, c'était un couple plutôt conservateur, voire même guindé.

Qu'avait-elle fait ?

Julie avait écouté son cœur. Mais en regardant les O'Neil, elle sentit son estomac se nouer.

Elle avait l'impression de revivre une scène de son enfance, sauf que cette fois, elle risquait en plus de perdre un travail dont elle avait vraiment besoin.

Elle s'efforça cependant de se rassurer et de rester positive. Les paroles d'Andrew résonnaient dans sa tête. « Promettez-moi d'oublier votre prudence pour cet après-midi. Vous avez de bonnes intuitions, Julie. »

Et puis, zut ! pour la première fois depuis bien longtemps, elle ne douterait pas de sa cuisine.

Mais, c'était plus facile à dire qu'à faire. Le marié, que Rose lui présenta comme Stephen, dévisagea Julie avec l'expression de quelqu'un résolu à ne pas se laisser impressionner par quoi que ce soit, tandis que la femme, Rebecca, regardait les assiettes qu'elle tenait avec des yeux perçants et un air suspicieux.

— Voici Julie, notre chef, dit Rose. Je suis sûre que vous allez adorer ce qu'elle a préparé. Elle m'a assuré que son menu était très spécial.

— J'espère bien, répliqua Stephen. Avec ce que je paye…

— Oh, ça suffit maintenant, l'interrompit Rebecca. Nous savons tous ce que tu payes, tu n'arrêtes pas de le répéter. Je veux juste que tout soit parfait.

— Alors, puis-je vous montrer ce que j'ai prévu ? demanda Julie en posant les assiettes sur la table.

Elle sortit le menu et le tendit au couple, qui l'examina avec attention pendant quelques secondes. En voyant la tête qu'ils faisaient, Julie sentit son cœur s'arrêter de battre.

— C'est écrit « calamar » ? demanda Stephen.

— Nous n'aimons pas le calamar, intervint Rebecca. Et, qu'est-ce que c'est que ce plat de résistance « façon sushi » ? Nous ne voulons pas manger de viande crue.

— En fait, si vous me permettez de vous expliquer pourquoi j'ai…

— Je ne comprends pas pourquoi vous vous êtes sentie obligée de préparer toutes ces choses fantaisistes, dit Stephen en se levant. Il s'agit d'un mariage, et non d'un prétexte pour tenter des expériences loufoques. (Il se tourna vers Rose.) Vraiment, Madame Martin, ce n'est pas ce que j'attendais du *Rose Chalet*. Si c'est tout ce que vous pouvez nous proposer, nous allons devoir songer à trouver un autre lieu de réception.

— Je suis sûre que si vous preniez seulement la peine de goûter…, commença Julie, mais elle s'interrompit en voyant Monsieur O'Neil la regarder fixement.

— Goûter cela ? Et pourquoi ? Pourquoi s'infliger

cela ? Avec Rebecca, nous savons ce que nous aimons, et ce n'est certainement pas cela. Viens Rebecca, on y va.

Rose les raccompagna vers la sortie, et Julie resta immobile pendant plusieurs secondes. Assommée. Elle regarda les assiettes intactes. Tout ce travail, pour rien. Ou plutôt, pour être mise à la porte.

Pourquoi avait-elle laissé Andrew Kyle la convaincre de cuisiner ainsi ?

Rose retourna dans la salle à manger quelques instants plus tard. Elle ne cria pas, mais il était clair qu'elle n'était pas contente. Elle s'assit à la table avec Julie. Il était difficile de ne pas regarder le menu délaissé.

— Julie, tu m'avais promis que ton menu serait formidable. Et voilà que les clients menacent d'organiser leur mariage ailleurs.

— Mais, si seulement ils avaient essayé, peut-être qu'ils auraient aimé, protesta Julie.

Julie vit alors avec reconnaissance Rose s'emparer de sa fourchette et goûter ses plats.

— Je me rends bien compte que ce menu t'a réclamé beaucoup de travail, Julie, mais as-tu pris la peine de te demander s'il convenait aux clients ? Je sais que Monsieur Kyle a dit hier que ta cuisine n'était pas assez originale, mais il y a un juste milieu. Je vais avoir du mal à les convaincre de nous donner une deuxième chance.

— Je suis désolée, répéta Julie, ne sachant que dire d'autre.

— Je sais, dit Rose sur un ton radouci. (Elle soupira.) Je t'ai embauchée sur la recommandation de ta tante.

J'espère juste que je n'aurais pas à le regretter.

Sur ses mots, elle sortit de la pièce. Julie vida les assiettes dans la poubelle et nettoya la cuisine avant de rentrer à la maison.

Par chance, Evie était absente. Julie put donc laisser libre cours à sa frustration sans devoir faire face aux inévitables questions que sa tante. Elle n'était pas d'humeur à ce qu'on essaie de la consoler.

Elle finit par s'asseoir pour ruminer son échec, lorsque la sonnette retentit. S'extirpant du canapé, elle marcha à grands pas vers la porte et l'ouvrit brusquement.

Andrew Kyle se tenait sur le seuil avec son sourire habituel sur les lèvres, comme s'il n'avait pas le moindre souci dans la vie.

— Qu'est-ce que vous faites ici ? demanda Julie.

— Comme vous n'étiez pas au *Rose Chalet*, j'ai dû venir jusqu'ici.

— Comment m'avez-vous trouvée ?

— Mon assistante, Sandy, est une excellente détective quand elle le veut. (Il parut enfin remarquer son expression.) Alors, comment s'est passée la dégustation ?

Julie recula d'un pas, abasourdie. Il venait la voir alors qu'ils avaient déjeuné ensemble à peine quelques heures plus tôt, et, qui plus est, il se souvenait de la dégustation.

Mais Julie était également stupéfaite par la profonde colère qu'elle sentait en elle.

— Comment ça s'est passé ? répéta Julie. Comment ça s'est passé ? Ils ont détesté ce que j'ai préparé.

— Vraiment ? Racontez-moi.

Julie lui lança un regard noir.

— Ils n'ont même pas voulu goûter mes plats. Et avant de partir, ils ont menacé Rose d'organiser leur mariage ailleurs. Voilà, vous savez tout. Et Rose est furieuse contre moi maintenant. Elle a réagi gentiment, mais elle a été très claire. Je ne crois pas qu'elle va me garder.

— Et pourquoi ?

— Parce que je vous ai écouté, voilà pourquoi ! (Julie ne put s'empêcher d'élever la voix. Comment Andrew pouvait-il ne pas comprendre quelque chose d'aussi simple ?) J'ai suivi mon instinct, j'ai pris des risques… toutes ces choses que vous m'avez poussé à faire. Et quel a été le résultat ? Rien ne s'est passé comme prévu. Rose a dit elle-même que ma cuisine n'était pas adaptée pour ce travail.

Andrew secoua la tête.

— Alors, faites autre chose. Quels rêves voulez-vous poursuivre ? Les vôtres, ou ceux de Rose ?

— C'est facile à dire pour vous, fit remarquer Julie sur un ton ironique.

— Vous avez beaucoup de talent, et vous le gaspillez ! répliqua Andrew, ne parvenant plus à masquer son agacement.

— Ne faites pas semblant de connaître ma vie !

— J'aimerais en savoir beaucoup plus sur votre vie,

mais c'est un risque de plus que vous refusez de prendre, n'est-ce pas ?

— De quoi parlez-vous ? Qu'est-ce que vous aimeriez… ?

Andrew coupa court à sa question en se penchant vers elle et en posant ses lèvres sur les siennes. Il l'embrassa avec passion et désir, mais aussi avec une étonnante douceur.

Julie lui rendit son baiser avec ardeur, s'abandonnant à ce moment sans s'autoriser à penser à quel point il était déplacé. Elle ignora aussi longtemps qu'elle le put les sirènes d'alarme qui retentissaient dans sa tête.

Mais la voix de la raison finit par être la plus forte. *Qu'est-ce qui te prend d'embrasser ainsi Andrew Kyle comme si ta vie en dépendait ?*

Julie dut se faire violence pour s'écarter. Elle devait admettre que leur baiser avait été délicieux. Il avait été à l'image de l'homme qui l'avait embrassée : confiant, direct, mais un peu plus tendre qu'elle s'y attendait.

Et déplacé, bien sûr.

Absolument, complètement déplacé.

— C'était une erreur, dit-elle. Une très grosse erreur.

— Julie…

— S'il te plaît, Andrew.

Julie se dirigea vers la porte et l'ouvrit pour lui.

Elle fut surprise qu'il lui obéisse sans protester. Mais juste avant de franchir le seuil, il se tourna vers elle et soutint son regard pendant de longues secondes.

— Je n'ai pas l'intention de baisser les bras, Julie. Et tu ne devrais pas abandonner non plus.

CHAPITRE 8

— Merci d'avoir accepté de m'aider, tante Evie, dit Julie en sortant du four la troisième couche de gâteau et en la mettant de côté sur le plan de travail de la cuisine.

— Cela me fait plaisir, ma chérie, lui assura sa tante en lui tendant une poche à douille remplie de glaçage. Je sais que tu n'as pas encore beaucoup d'expérience avec les pièces montées.

— Je n'ai même aucune expérience, la corrigea Julie. Il faut absolument que je réussisse celle-ci.

— Pourtant, c'est juste pour la dégustation, non ?

Comment pouvait-elle expliquer à sa tante la raison pour laquelle ce gâteau était si important ? Devait-elle lui raconter ce qui s'était passé avec Andrew et les critiques qu'il avait faites sur sa cuisine ? Ou à quel point il était crucial qu'elle se rattrape auprès de Rose après le fiasco du menu pour les O'Neil et la réaction extrême qu'ils avaient eue ?

Mais elle ne voulait pas accabler sa tante Evie avec ses problèmes alors que le stress de son métier l'avait déjà rendue malade une fois par le passé.

— Oui, mais je veux juste faire la meilleure

impression possible.

—Je sais bien. Tu as toujours travaillé dur, ma chérie. Trop dur, parfois.

La préparation de la pâte était très simple. Il suffisait de bien mélanger quelques ingrédients de base. Mais la décoration de la pièce montée était presque une forme d'art, qui exigeait une concentration extrême. C'était un problème pour Julie, et pas des moindres, car le baiser d'Andrew ne cessait de lui revenir à l'esprit.

—Julie ? demanda Evie en la voyant rater pour la troisième fois une ligne de glaçage. Dis-moi ce qui ne va pas.

Mais Julie n'avait pas envie de penser à ce qui s'était passé la veille au soir. Peut-être que si elle enfouissait cette scène assez profondément en elle, elle parviendrait à oublier à quel point elle avait aimé le contact de la bouche d'Andrew sur la sienne.

— Tout va bien. Je ne suis pas très douée, c'est tout.

Sa tante lui prit la poche à douille des mains.

— Je ne te la rendrai que lorsque tu m'auras expliqué pourquoi tu es en train de massacrer les bords de ce pauvre gâteau.

— J'ai... j'ai embrassé quelqu'un. (Julie avait le sentiment de parler comme une adolescente.) En fait, il m'a embrassé et je lui ai rendu son baiser. Mais je ne sais pas quoi faire.

— Tu l'aimes bien ?

Julie eut un moment d'hésitation en revoyant de nouveau dans sa tête le beau visage d'Andrew.

— Laisse-moi reformuler ma question, poursuivit sa tante avec un sourire. Je vois bien que tu l'aimes bien, puisque tu es incapable de tracer correctement une ligne de glaçage. Alors, quel est le problème ?

Julie secoua la tête.

— Il ne devrait pas me plaire. Je devrais le détester. Mais les choses…

— Ne sont pas aussi simples ? (Sa tante se mit à rire doucement.) Ce n'est jamais simple. Si je peux te donner un conseil, c'est de laisser la vie suivre son cours et de voir où cela te mène.

Heureusement, sa tante ne lui posa pas davantage de questions, et elles terminèrent ensemble la décoration de la pièce montée. Julie était presque sûre que Rose en serait satisfaite, et elle espérait convaincre ainsi les O'Neil de ne pas changer de lieu de réception.

Julie se prépara pour aller travailler, mais se rendit compte qu'elle avait mis beaucoup trop de maquillage. Elle en retira la plus grande partie, puis enfila une tenue confortable.

En arrivant au *Rose Chalet*, elle croisa Phoebe, qui était en train de composer deux petits bouquets. La fleuriste portait une robe longue bleue et verte près du corps. À côté d'elle, Julie avait presque l'impression d'être en haillons.

— Phoebe, c'est superbe ce que tu es en train de faire. (Elle espérait vraiment qu'Andrew ne dénigrerait pas les compositions florales de sa nouvelle amie comme il l'avait fait avec sa cuisine.) Je ne savais pas que tu venais aujourd'hui.

Phoebe arrêta un instant ce qu'elle était en train de faire et se tourna vers Julie avec un sourire.

— Rose voudrait que je montre mon travail à Monsieur Kyle pour qu'il me dise si je suis sur la bonne voie. Il est comment, alors ? demanda Phoebe. Je l'ai vu à la télévision, mais je suppose que les célébrités sont différentes dans la vraie vie.

Julie s'efforça de repousser l'étrange sentiment de déception qu'elle éprouvait à l'idée qu'elle ne verrait pas Andrew seule. Mais cela n'avait pas de sens. Après tout, c'était elle qui avait voulu qu'il parte, la veille au soir.

— Andrew est... (Elle s'empressa de chasser de son esprit les images de leur baiser et réfléchit à une répondre diplomatique.) Il a une idée très précise de ce qu'il veut pour le mariage de son frère. Très précise.

— Je vois, dit Phoebe, qui paraissait un peu inquiète. J'ai entendu dire qu'il était très difficile en matière de cuisine. Je suis désolée que ton premier mariage ici ne soit pas plus simple.

Julie brûlait d'envie de dire à Phoebe qu'elle ne savait même pas la moitié de ce qui s'était passé, mais elle se retint. Elle ne voulait pas passer pour une personne aigrie, et, qui plus est, elle commençait à se demander si ses préjugés sur Andrew étaient fondés.

— Je suis sûre que tu t'en sortiras très bien, déclara Julie sur un ton qui se voulait rassurant.

Elle se tourna alors vers son gâteau, qu'elle déballa et commença à monter.

— Waouh ! Julie, c'est magnifique ! Cela a dû te prendre un temps fou. Et juste pour une dégustation.

Andrew arriva à ce moment-là. Julie avait à peine fermé l'œil de la nuit après leur baiser, mais elle constata avec exaspération qu'il paraissait parfaitement reposé. Et sûr de lui.

Comme la veille avant de partir, quand il lui avait dit : « Je n'ai pas l'intention de baisser les bras, Julie. Et tu ne devrais pas abandonner non plus. »

S'efforçant d'adopter un ton professionnel pour ne pas révéler ce qui s'était passé entre eux, Julie déclara :

— Andrew, je vous présente Phoebe, qui s'occupera des fleurs. Phoebe, voici Andrew.

— Bonjour Phoebe, dit Andrew en tendant la main. Votre robe est très jolie. Et Julie, vous êtes aussi ravissante qu'à l'ordinaire.

Le compliment soudain prit Julie de court, mais elle s'appliqua à ne pas montrer son trouble tandis qu'elle le conduisait dans la salle à manger. Il bavarda avec Phoebe, et le courant parut tout de suite passer entre eux. Andrew lui raconta qu'à une époque, il travaillait pour une starlette de seconde zone qui était obsédée par les fleurs comestibles, et lui demandait d'en mettre dans chaque plat.

Julie avait envie de tendre les bras vers Andrew et de l'attirer à elle, mais elle savait qu'elle ne pouvait agir de façon aussi contradictoire. Le repousser un soir, et se jeter sur lui le lendemain.

Je ne suis pas jalouse qu'ils s'entendent aussi bien, se dit

Julie. *Même si Phoebe est splendide aujourd'hui, et qu'Andrew est... Andrew.*

Mais, quand ils entrèrent dans la salle à manger et qu'Andrew aperçut les fleurs, il devint plus difficile de s'en convaincre.

— Phoebe, c'est splendide. Vos compositions conviendront parfaitement pour le mariage. Merci.

Toutefois, au lieu d'accepter simplement le compliment, Phoebe répondit :

— Je sais à quel point le mariage de votre frère est important pour vous. Je peux faire des changements si vous le souhaitez. Ce n'est vraiment pas un problème.

Pourquoi Phoebe recherchait-elle ainsi les éloges ? Était-elle attirée par Andrew ?

Julie s'efforça de chasser cette pensée de son esprit. Si Phoebe avait ainsi du mal à croire Andrew, c'était parce qu'elle savait la sévérité avec laquelle il avait jugé le menu de Julie.

Ils s'approchèrent alors de la pièce montée.

Phoebe était déjà à côté, et raconta à Andrew tout le travail que sa préparation avait nécessité. Sans l'écouter, Julie observa Andrew faire le tour du gâteau et l'examiner de près. Il coupa une tranche dans chaque étage et puis goûta.

Comment peut-on mettre autant de temps à se faire un avis sur un gâteau ? s'interrogea Julie.

Enfin, il se tourna vers elle. Un sourire se dessina lentement sur son visage, soulignant ses fossettes.

— Il est génial, Julie. Vraiment génial. Il est bon, et

les décorations ont dû prendre beaucoup de temps à réaliser. L'idée de ces trois gâteaux différents me plaît beaucoup. C'est une pièce montée à la fois créative et traditionnelle.

Julie se sentit rayonner intérieurement. Elle ne devrait pas accorder autant d'importance à ce qu'Andrew pensait, mais elle ne pouvait pas s'en empêcher.

Phoebe proposa de raccompagner Andrew jusqu'à la sortie, mais Julie la bouscula presque pour le faire à sa place. Elle attendit qu'ils soient sur le parking, loin des regards indiscrets, avant de dire quoi que ce soit.

— Andrew, je…

— Viens dîner chez moi ce soir, Julie.

— Quoi ?

Il sortit un morceau de papier de sa poche et inscrivit une adresse dessus.

— Dis-moi que tu viendras, lui demanda-t-il en lui mettant le papier dans la main. S'il te plaît.

— Andrew, je… je ne sais plus quoi penser, reconnut Julie. Au début je pensais te détester, et puis j'ai commencé à éprouver de la sympathie pour toi. Mais, de là à t'embrasser ? (Elle secoua la tête.) Je sais que je n'aurais pas dû te rendre ton baiser.

— Et moi, je sais que tu as bien fait. (Son regard se radoucit, et il caressa doucement sa joue du revers de la main.) Cela m'a paru naturel, Julie. Vas-tu aussi me dire que tu n'as pas aimé ?

S'il savait ! Elle avait tant aimé leur baiser qu'elle mourait d'envie de l'embrasser de nouveau. Mais elle ne pouvait pas. Pas sur son lieu de travail. Et surtout, elle ne devait pas oublier que, pour la deuxième fois, Andrew tenait son avenir entre ses mains.

Julie s'écarta de lui d'un pas mal assuré et s'efforça de se ressaisir.

— Je ne pense pas que je pourrai venir chez toi ce soir, Andrew.

Il s'approcha d'elle.

— Julie, je sais que c'est difficile pour toi, mais…

— Je ne peux pas, Andrew. (Elle recula encore d'un pas pour résister à son envie désespérée de se jeter dans ses bras puissants.) J'ai envie, mais je ne peux pas, c'est tout.

— Prends le risque, Julie, insista-t-il doucement.

Julie secoua la tête.

— Je suis contente que la pièce montée t'ait plu.

Ce fut tout ce qu'elle put dire. Quelques instants plus tard, Julie regarda la voiture d'Andrew s'éloigner, serrant dans sa main le morceau de papier avec son adresse.

CHAPITRE 9

— Andrew, tu en as encore pour longtemps ? Ce n'est tout de même pas si difficile de préparer un repas !

Le père d'Andrew était assis à la table de la salle à manger, son couteau et sa fourchette déjà dans les mains. Il semblait prêt à frapper quelqu'un si on ne lui servait pas bientôt quelque chose sur son assiette.

Sa silhouette s'était un peu étoffée à la soixantaine, mais il se teignait les cheveux en noir, et son regard d'acier était toujours là pour rappeler efficacement aux jurés de prendre leur travail au sérieux.

À côté de lui, la mère d'Andrew avait quant à elle arrêté de compter les années peu après ses quarante ans. Et, entre ses exercices de gymnastique quotidiens, les nombreuses journées qu'elle passait dans les spas et les opérations de chirurgie plastique qu'elle subissait de temps à autre, elle n'en paraissait pas beaucoup plus.

Phil et Nancy étaient également là. Plus robuste qu'Andrew, Phil ressemblait beaucoup à son père. Il avait les mêmes yeux bleus perçants et s'habillait avec l'élégance raffinée d'un médecin dont le cabinet est toujours plein. Nancy, une femme blonde au regard pétillant, n'était pas en reste avec sa carrière dans les relations publiques.

Andrew regarda Nancy se pencher pour embrasser son fiancé. Au moins, son frère avait-il une vie sentimentale heureuse, songea-t-il.

— Alors, Andrew, dit son père quelques instants plus tard, c'est prêt ?

— Il ne me reste plus qu'à découper les coquelets, répondit Andrew en sortant les volailles du four et en s'emparant d'un couteau. Encore quelques minutes de patience.

— Honnêtement, je ne comprends pas pourquoi tu ne peux pas tout bonnement nous servir des steaks. Dix minutes de cuisson sur un gril, et on n'en parle plus.

La réponse à cette question était très simple. Andrew refusait purement et simplement de servir des steaks comme son père les aimait, c'est-à-dire à la limite de la carbonisation.

Et avec des steaks, sa famille n'aurait pas vu tout ce qu'il était capable de faire dans une cuisine. Il était prêt à supporter quelques plaintes au sujet de son menu pour pouvoir leur en donner un aperçu.

Le front de sa mère se plissa à peine lorsqu'elle jeta un coup d'œil au-dessus du comptoir de la cuisine.

— Si tu veux, je peux te donner un coup de main avec…

— Ça va, maman, répondit Andrew avec empressement. C'est presque prêt.

La sauce bouillonnait doucement, les pommes de

terre étaient cuites, les légumes étaient joliment superposés, et il ne lui restait plus qu'à tout dresser sur les assiettes. Andrew s'était donné du mal pour préparer un dîner qui sorte de l'ordinaire pour sa famille.

Famille. C'était un mot si simple en théorie, et pourtant synonyme de tant de difficultés dans la pratique.

Combien de fois avait-il invité ainsi sa famille pour ce genre de repas ? Des dizaines ? Et combien de fois étaient-ils venus ? Autant que leurs emplois du temps bien remplis le leur permettaient, c'était certain, mais bien moins souvent qu'Andrew l'aurait voulu. C'était toujours la même chose : son père prétextait qu'il était occupé par un cas important, ou bien Phil et Nancy ne pouvaient pas venir à cause de leurs travails respectifs ou d'une soirée entre amis. Soit ils annulaient tout simplement, soit ils proposaient une autre date, et ne comprenaient pas quand Andrew leur expliquait que l'enregistrement de ses émissions ne lui laissait pas beaucoup d'autres créneaux.

Pendant qu'il dressait son plat, ils se lancèrent dans une discussion au sujet d'un grand procès sur lequel son père avait travaillé. Andrew n'y aurait pas vu d'inconvénients si cela n'avait pas signifié que d'une minute à l'autre à présent...

— Tu sais, Andrew, dit son père en se tournant vers lui, je n'ai pas changé d'avis à propos du poste dont je te parlais au cabinet. Avec tout le travail qu'il y a, une personne en plus ne serait pas de trop. Je suis persuadé que tu serais un excellent avocat si seulement tu le voulais.

— J'aime ce que je fais, papa.

— Tu pourrais aussi devenir médecin. Il n'est pas trop tard, tu sais. Tes notes étaient suffisamment bonnes, il n'y a donc aucune raison pour qu'à terme, tu ne puisses pas exercer dans le cabinet de ton frère. Deux Kyles travaillant ensemble... Songes-y !

Habitué depuis des années à faire la sourde oreille lorsque son père se lançait sur ce sujet, Andrew laissa ses pensées dériver tandis qu'il disposait la nourriture sur les assiettes. Bien entendu, elles ne dérivèrent que dans une seule direction.

Julie.

Avait-il fait une erreur en l'embrassant ? Il ne le pensait pas, mais à en juger par le comportement de Julie au *Rose Chalet* cet après-midi-là, elle ne semblait pas vraiment emballée par l'idée de sortir avec lui.

Andrew n'était pas homme à se laisser facilement décourager. Sur le parking, il avait eu envie de l'embrasser de nouveau pour qu'elle se rende compte qu'ils pourraient être bien ensemble et qu'elle passerait à côté de quelque chose en refusant d'essayer.

Mais, il s'était retenu car Julie serait sûrement partie en courant, au sens figuré tout au moins, et les choses se seraient arrêtées là.

Andrew n'était cependant pas certain de pouvoir attendre beaucoup plus longtemps. Il fut brusquement tiré de ses pensées par sa mère.

— Andrew, ton père parle sérieusement. Étudier la médecine t'irait très bien.

Étudier la médecine serait un désastre, et Andrew regrettait que sa famille n'en ait toujours pas conscience. Il n'était pas un médecin dans l'âme, mais un cuisiner. Il avait sa vie, et il était très heureux.

— Mon fils…, commença son père, mais il fut interrompu par la sonnette.

Désireux de mettre un terme à la dispute qui menaçait d'éclater, Andrew se dirigea rapidement vers la porte, sans laisser le temps aux autres de se lever.

— Julie ?

La femme qui occupait en permanence ses pensées se tenait sur le seuil de sa porte, plus éblouissante que jamais. Elle portait une robe noire qui mettait mieux en valeur sa jolie silhouette que les vêtements qu'elle portait pour travailler.

Le regard d'Andrew s'attarda sur Julie. Elle était légèrement plus maquillée que pendant la journée, et délicatement parfumée.

Il brûlait d'envie de l'attirer à lui et de l'embrasser, mais il n'en fit rien.

— Je ne pensais pas te voir ce soir.

— J'ai failli ne pas venir, reconnut Julie. Et je ne suis toujours pas sûre que… (Elle remarqua alors qu'ils n'étaient pas seuls et baissa la voix.) Andrew, qui sont ces gens ?

— Ma famille, expliqua Andrew.

Julie écarquilla les yeux, et il comprit que s'il ne

réfléchissait pas rapidement, elle repartirait aussitôt.

Il posa doucement la main sur son bras.

— S'il te plaît, reste. Je n'ai pas encore eu l'occasion de cuisiner pour toi. Et je suis tellement content que tu sois là.

Julie hésita quelques secondes puis sourit doucement.

— Alors, seulement si j'ai, moi aussi, le droit de faire des commentaires désagréables sur ta cuisine.

Andrew songea qu'il l'avait bien mérité.

— Si tu penses que c'est justifié, alors oui. Tout ce que je veux, c'est que tu restes assez longtemps pour la goûter.

Julie hésita encore un instant, puis hocha la tête. Il la débarrassa de son manteau.

— Voici Julie Delgado, dit Andrew après lui avoir présenté les membres de sa famille l'un après l'autre. C'est elle qui préparera le dîner du mariage, ajouta-t-il, sachant qu'ils n'auraient de toute façon pas tardé à l'apprendre.

— Vraiment ? dit la mère d'Andrew. Le menu est donc finalisé ?

Julie rougit légèrement mais ne se laissa pas démonter.

— Nous travaillons encore sur les détails. Mais je peux vous promettre que ce sera absolument parfait, affirma-t-elle en souriant à Phil et Nancy.

Andrew ne put s'empêcher de remarquer que personne ne l'interrogea sur son travail de chef au *Rose Chalet*. Cela les intéressait aussi peu que son propre métier, et il se réjouit presque de voir qu'il n'était pas le seul à leur faire cet effet.

Andrew mit un autre couvert pour Julie et servit le repas. Son père et son frère dînèrent comme ils en avaient l'habitude, engloutissant la nourriture en prenant à peine le temps d'en saisir le goût. Nancy et sa mère ne firent que picorer dans leur assiette, ce qui signifiait sans doute que sa mère suivait un autre de ses régimes et que sa future belle-sœur voulait éviter de prendre ne serait-ce que cinq cents grammes avant son mariage.

Quant à Julie, elle mangea avec le même enthousiasme et le même plaisir qu'Andrew avait tant aimés chez elle quand il l'avait emmenée au *Glass Square*. Elle ferma les yeux pendant les premières bouchées, comme pour mieux apprécier toutes les saveurs du plat d'Andrew.

— C'est succulent. (Elle leva les yeux vers Andrew.) Honnêtement, je crois que c'est le meilleur dîner maison qu'on m'ait jamais servi.

— Oh, ne l'encouragez pas, lui dit Phil. À ce régime-là, jamais nous n'arriverons à le convaincre de renoncer à sa lubie pour la cuisine et de choisir un vrai métier.

Ses parents et Nancy se mirent à rire, mais Julie parut décontenancée.

— Que voulez-vous dire ? demanda-t-elle.

— Mon mari et Phil essaient de persuader Andrew de changer enfin de voie et de commencer des études de médecine, expliqua sa mère. S'il ne se décide pas bientôt, il sera trop tard pour faire une belle carrière.

Andrew vit le froncement de sourcils de Julie s'accentuer. Il s'efforça de lui faire comprendre silencieusement qu'il était habitué à ces remarques de la part de sa famille et qu'il valait mieux qu'elle ne fasse pas attention, mais c'était trop tard.

— Il a pourtant déjà une belle carrière.

— Oh ! vous voulez dire dans la cuisine ? demanda son père. Ce n'est pas un métier utile.

La mère d'Andrew se tourna vers son fils.

— Je suis désolée, mon chéri, mais regardons les choses en face. Je sais que tu t'amuses en cuisinant, mais pense à tous ceux que tu pourrais aider si tu reprenais des études. Tu pourrais faire quelque chose dont les gens ont vraiment besoin.

Andrew dut se maîtriser pour ne pas répondre sèchement à sa mère, mais Julie ne prit pas cette peine.

— Je pensais pourtant que les gens avaient besoin d'être nourris. (Elle regarda Nancy et Phil.) Comme à votre mariage, par exemple. Andrew se donne beaucoup de mal pour cela.

— Et nous lui en sommes très reconnaissants, répondit Nancy.

— C'est super, approuva Phil, mais faire un peu la cuisine de temps à autre ne peut pas prendre tellement de temps. Ce n'est quand même pas sorcier !

— Vous plaisantez ? (Julie regarda chacun des membres de la famille d'Andrew, tandis qu'une expression de stupéfaction et de consternation se peignait sur son joli visage.) Faire la cuisine, et surtout bien faire la cuisine, demande des heures de travail. Il ne s'agit pas seulement d'assembler des ingrédients mais aussi de les préparer. Vous pensez qu'Andrew a du temps libre ? Il n'arrête pas de faire des allers-retours entre le studio d'enregistrement de sa nouvelle émission et le *Rose Chalet* pour s'occuper des préparatifs de votre mariage. Et je ne parle pas des deux soirées par semaine qu'il passe à cuisiner dans un grand restaurant avec des standards extrêmement exigeants. Je ne sais pas si vous vous rendez compte de la charge de travail que cela représente, mais, personnellement, je ne serais pas capable d'en faire autant.

L'espace d'un instant, d'un court instant, Phil parut légèrement honteux. Andrew savait que cela ne lui arrivait que très rarement.

— Cela nous fait vraiment très plaisir, à Nancy et moi, que tu aies accepté de nous aider, frangin.

— Je le fais volontiers.

— Mais nous sommes très inquiets pour toi, commença son père. Uniquement parce que nous t'aimons. Que vas-tu faire ensuite ?

Julie secoua la tête en souriant, et Andrew eut l'impression qu'elle se retenait de rire pour ne pas être impolie.

— Je pense qu'il investira l'argent qu'il a gagné grâce à son talent, et qu'il achètera une île quelque part avec les intérêts. Monsieur Kyle, faites-moi confiance, vous n'avez vraiment pas à vous inquiéter. Et vous devriez être fier de votre fils. Même dans le meilleur des restaurants, on ne vous aurait pas servi un repas aussi bon que celui qu'il vous a préparé ce soir.

Julie se tut alors. Andrew s'attendait à ce que les membres de sa famille lui tombent dessus, indignés qu'elle ait osé leur parler ainsi. Mais, il constata avec étonnement qu'ils paraissaient respecter sa belle invitée de leur avoir ainsi tenu tête.

Pendant le reste du repas, Andrew ne put s'empêcher de la regarder sans arrêt. Et il remarqua que ses parents, son frère et sa belle-sœur mangeaient beaucoup plus lentement, prenant la peine de savourer ce qu'il y avait dans leur assiette. Cela ne durerait sans doute pas, mais il constata avec plaisir que plus personne ne faisait de commentaires désobligeants sur la profession qu'il avait choisie. Il reçut même quelques compliments sur son dîner.

Et, pour une fois, Andrew ne se réjouit pas de leur départ lorsqu'ils se levèrent tous pour partir. Il fut surpris quand sa mère s'approcha de lui et lui dit à l'oreille qu'il aurait pu faire bien pire. Andrew se demanda si elle parlait de sa carrière ou bien de son invitée. Mais il s'en souciait peu. Dès l'instant où il avait posé les yeux sur elle, il avait su que Julie Delgado était une femme extraordinaire.

Il se tourna vers elle après avoir refermé la porte.

— Que dirais-tu d'un dessert ? lui demanda-t-il.

CHAPITRE 10

— Je ne pensais pas que tu viendrais, dit Andrew en s'approchant du plan de travail de la cuisine avec elle.

— Figure-toi qu'avant d'arriver devant ta porte, je n'étais pas non plus sûre de venir ! J'ai même passé cinq minutes sur le seuil à me demander s'il ne valait pas mieux faire demi-tour, rentrer chez moi en courant, et essayer de t'oublier.

La franchise de Julie le fit sourire.

— Je suis content que tu sois restée. Et que tu aies accepté de te joindre à ma famille pour le dîner.

— Moi aussi.

Ils sortirent de la glace, du chocolat et toute une série d'ingrédients qu'Andrew avait dans son réfrigérateur. Il n'y avait pas de recette, et ils n'échangèrent que quelques mots pendant la préparation du dessert. Ils se contentèrent de mélanger les ingrédients dans un saladier avec un fouet jusqu'à obtenir une masse collante et gluante, qui les fit rire tous deux. Après s'être chacun servi plusieurs boules dans un bol, ils s'y attaquèrent avec leur cuillère.

— Ta famille est pour le moins… intéressante, fit

remarquer Julie.

— Parce qu'ils sont inquiets de voir que j'ai trente-quatre ans et toujours pas de « vrai » métier ?

Andrew avait parlé en souriant, mais son regard blessé n'échappa pas à Julie.

— Nous savons tous les deux que ce n'est pas vrai. Nous savons à quel point tu travailles dur, à quel point c'est un métier difficile, et aussi à quel point tu es doué.

Cette fois, Andrew sourit avec sincérité.

— Et grâce à toi, mes parents et mon frère le savent aussi maintenant.

— Ils avaient besoin de l'entendre. Si je me souviens bien, tu préfères dire aux gens ce que tu penses qu'ils ont besoin d'entendre plutôt que ce qu'ils veulent entendre.

Andrew parut légèrement embarrassé.

— Julie…

Elle secoua la tête.

— Finissons notre dessert et n'en parlons plus, d'accord ?

Ils s'installèrent sur le canapé et dévorèrent avec gourmandise leur drôle de dessert. Andrew se mit à rire :

— C'est du grand n'importe quoi ce dessert, non ?

— Un chef aussi médiatisé que toi a-t-il le droit d'admettre cela au sujet de l'une de ses propres créations ?

— Tout à fait. Si l'on ne sait pas rire de soi-même, on ne va pas très loin à la télévision. Lorsque la situation dérape pendant un enregistrement en direct, on ne peut s'en sortir qu'avec de l'autodérision et une bonne dose de confiance en soi.

— Personne ne pourra jamais te reprocher de manquer de confiance en toi, le taquina-t-elle. Je regrette parfois de ne pas en avoir davantage.

— Tu devrais avoir confiance en toi, Julie. Tu es super. Et je ne parle pas uniquement de tes talents de cuisinière. Tu es gentille. Tu es drôle. Tu es belle. Tu es...

— Qui êtes-vous, et où est passé le véritable Andrew Kyle ? plaisanta Julie pour atténuer la solennité de l'instant. Tu sais, tu n'es pas mal non plus. Pour quelqu'un qui passe à la télé, je veux dire.

Elle le pensait vraiment. Andrew était très beau ce soir-là.

C'était peut-être parce qu'elle ne le voyait désormais plus seulement comme une star de la télévision avec des opinions bien arrêtées sur la cuisine, mais aussi comme un frère dévoué, un chef débordé, et un homme qui embrassait très bien.

Cela n'avait pas de sens, mais Julie avait l'impression qu'Andrew était encore plus beau depuis qu'elle connaissait ses autres facettes. Il n'était plus simplement un homme au physique avantageux.

Il était tellement plus que cela.

— Tu as un peu de crème fouettée...

— Où ?

— Ici, répondit Andrew en riant.

Il approcha son doigt de la joue de Julie et y déposa un petit tas du mélange chocolaté.

— Hé !

Elle se vengea avec le contenu de sa cuillère, et ils s'engagèrent alors dans une bataille acharnée. Cela n'était pas arrivé à Julie depuis… une éternité, songea-t-elle.

C'était pourtant très amusant.

Mais peut-être seulement parce que c'était avec lui.

Elle était encore en train de se demander si c'était pour cette raison lorsqu'Andrew l'embrassa. Son baiser fut plus bref que le premier, et plus taquin. Il n'avait fait qu'effleurer ses lèvres, mais ce fut suffisant pour faire bondir Julie du canapé. Elle regarda fixement Andrew avec un air accusateur.

— Qu'est-ce que tu fais ?

— Je t'embrasse, répondit Andrew, qui ne semblait pas le moins du monde désolé. Je n'ai pas pu résister en voyant la façon dont tu me regardais.

Une petite voix résonnait toujours dans la tête de Julie, lui disant qu'Andrew n'était absolument pas fait pour elle et qu'il allait seulement la faire souffrir. Mais une autre voix l'exhortait à retourner sur le canapé et à embrasser Andrew jusqu'à ce qu'ils soient tous les deux recouverts du dessert qu'ils venaient de préparer.

Cette même voix lui rappelait qu'Andrew était vraiment magnifique, même avec le visage recouvert de crème. Surtout avec le visage recouvert de crème d'ailleurs, parce qu'elle put lui caresser la joue sous prétexte de l'essuyer. Il prit alors ses doigts dans sa bouche pour les nettoyer consciencieusement avec sa langue. Julie savait très bien la tournure que risquaient de prendre les événements. Elle savait aussi que s'ils recommençaient à s'embrasser, elle ne répondrait plus de rien. Sa bouche, son corps ne lui suffiraient plus.

Elle voudrait aussi son cœur.

Julie enfila précipitamment son manteau et se dirigea vers la porte. Andrew n'attrapa pas son bras mais le toucha doucement pour qu'elle se retourne vers lui.

— Ne pars pas.

— Je suis obligée, insista Julie.

Andrew secoua la tête.

— Non, tu n'es pas obligée. C'est vraiment ce que tu veux ?

Oui.

Non.

— Qu'est-ce qui te fait peur ? demanda doucement Andrew.

— J'ai peur d'être avec toi. De ne pas être avec toi, murmura Julie en reculant. (Elle avait du mal à réfléchir clairement quand il était aussi proche d'elle.) Je ne sais pas ce que je veux.

— Puis-je te dire ce que moi je veux, Julie ?

Elle eut un rire nerveux.

— Cela me paraît assez évident.

— C'est toi que je veux. Et, si c'est ce qui t'arrête, sache que je ne parle pas seulement de maintenant, ce soir, dans mon lit.

— Il y a sûrement plus d'une femme qui s'en contenterait pourtant, fit remarquer Julie.

Était-ce la raison pour laquelle elle était si réticente ?

La réputation d'Andrew ? Ou avait-elle simplement peur de terminer comme une de ses autres conquêtes, rapidement délaissée pour la suivante ?

Andrew parut sentir sa peur.

— Tu n'es pas comme elles, lui assura-t-il. Tu n'as même rien à voir avec elles.

— Je ne comprends pas. Pourquoi t'intéresses-tu à moi ? (Andrew pouvait avoir toutes les femmes qu'il voulait, alors pourquoi elle ?) Seulement pour le frisson que te procure la chasse ?

— Cela ressemble plus à un tour sur des montagnes russes avec toi, répondit Andrew sur un ton taquin.

Elle réprima un sourire. Elle ne pouvait pas se laisser ainsi charmer.

— Tu es vraiment différente, poursuivit-il. Fais-moi confiance.

Confiance.

C'était le problème. Comment faire confiance à Andrew alors qu'elle n'était même pas sûre d'avoir confiance en elle-même ?

— J'ai envie d'être avec toi, Julie Delgado. Je vais arrêter de faire semblant et aller droit au but. Je t'aime bien. Je t'aime vraiment bien. Et je crois que tu m'aimerais vraiment bien aussi, si seulement tu t'y autorisais.

Andrew s'écarta de la porte. Julie ne s'était pas rendue compte qu'il la bloquait.

— Si tu ne veux pas de moi, dis-le simplement. Et, si les choses vont trop vite pour toi et que tu ne veux pas aller plus loin ce soir, dis-le aussi. J'ai essayé de ne pas être trop pressant depuis que je t'ai embrassée, mais je n'en suis plus capable, Julie. Je tiens beaucoup trop à toi pour cela, et j'aimerais vraiment voir où les choses nous mèneront.

— Moi aussi, reconnut Julie.

Le fait de le dire à voix haute lui fit prendre conscience qu'elle le pensait sincèrement. Cependant, elle n'avait pas envie de souffrir, et elle savait que c'était un risque.

— Mais, je ne sais pas si c'est raisonnable, ajouta-t-elle.

— Tu pourrais vivre toute ta vie sans jamais prendre de risques, dit Andrew, mais seras-tu heureuse un jour ?

Il s'était encore approché, mais sans la toucher. Un seul geste de sa part aurait suffi à décider Julie. Elle avait tant envie de lui que s'il essayait encore une fois de l'embrasser, elle savait qu'elle n'aurait pas la force de dire non.

Mais il ne lui facilita pas la tâche, et la laissa faire ce choix elle-même. Il se tenait devant elle, immobile. Dans l'attente. Superbe. Mais immobile.

Oh ! pourquoi l'obligeait-il ainsi à être forte ?

Si elle avait un peu de bon sens, elle tournerait les talons et partirait. Après tout, c'était d'Andrew Kyle qu'il s'agissait. L'homme qui s'était montré si sévère avec sa cuisine, mais aussi le frère d'un client du *Rose Chalet*. En allant plus loin avec lui, elle s'exposerait certainement à un désastre professionnel. Julie ne prenait simplement plus ce genre de risque.

Mais que se passerait-il si elle décidait de le prendre ?

Si une relation avec Andrew était encore mieux que dans ses rêves les plus fous ?

Il voulait savoir si éviter les risques l'avait déjà rendue heureuse. Eh bien, sur le moment, elle ne parvenait pas à trouver un seul exemple. Oui, Julie voulait Andrew. Mais plus que tout, elle désirait être heureuse.

Elle méritait d'être heureuse, non ? Il lui suffisait de se laisser aller, juste cette fois. Et d'avoir confiance en l'avenir.

Cela semblait si simple. Il lui suffisait de…

Julie attira Andrew à elle et l'embrassa avec toute la passion qui l'habitait.

Il s'écarta un peu pour lui demander :

— Cela signifie que tu veux être avec moi ?

Pour toute réponse, Julie l'embrassa de nouveau. Cette fois, Andrew répondit à son baiser avec la même ardeur, prenant le contrôle et faisant durer ce moment de délices.

Elle avait un très agréable souvenir de leur premier baiser, mais celui-ci était tout simplement magique. Il ne s'acheva que lorsque Julie poussa Andrew vers le canapé. Ils tombèrent ensemble dessus et recommencèrent à s'embrasser avec avidité.

— Zut ! lâcha Andrew, qui avait renversé un des bols.

— Oh ! ce n'est pas grave, dit Julie. Tu as maintenant une bonne excuse pour retirer cette chemise.

Et si tu en as sur toi… peut-être que je pourrais lécher ?

L'expression d'Andrew s'attendrit et il prit le visage de Julie entre ses mains.

— Tu es sûre ?

— J'ai trouvé ça plutôt bon tout à l'heure.

— Je ne parle pas de cela. Je parle de nous. J'étais sérieux tout à l'heure. Si tu ne veux pas aller trop vite, il te suffit de le dire.

— Je sais, répondit Julie en écartant les mains d'Andrew de son visage et en embrassant ses paumes. Mais, je n'ai qu'une envie pour le moment, c'est d'être heureuse. Avec toi.

Andrew se mit à rire et souleva Julie sans difficulté dans ses bras. Il la porta tendrement vers sa chambre tout en couvrant ses paupières, ses joues et sa gorge de baisers. Lorsque la porte claqua derrière eux, Julie plongea son regard dans ses yeux sombres et l'embrassa.

Et cette fois, elle ne s'arrêta pas.

CHAPITRE 11

Le lendemain matin, en se réveillant, Julie avait le sourire aux lèvres et sentait encore sur sa peau les caresses d'Andrew, après la délicieuse nuit qu'elle avait passée avec lui.

Elle l'avait voulu, et elle l'avait eu. Prendre un si grand risque avait été effrayant, mais il lui suffisait de repenser à certains moments de la nuit précédente pour être convaincue que le jeu en valait la chandelle.

À n'en pas douter.

Son sentiment de bien-être aurait été encore plus complet si Andrew était avec elle dans son grand lit douillet et qu'elle avait pu se blottir contre lui. Elle se retourna et serra son oreiller contre elle.

Soudain, elle vit l'heure. Aïe ! Si elle ne se dépêchait pas, elle allait être en retard au travail. Quel dommage d'être obligée de quitter le confort du lit d'Andrew. Mais curieusement, même cette perspective n'entacha pas sa bonne humeur. Tout le reste lui semblait si parfait.

Rejetant les couvertures, Julie partit à la recherche de ses vêtements. Comment son soutien-gorge avait-il pu se retrouver *là* ? Surprise de constater qu'il n'y avait pas de salle de bains attenante à la chambre d'Andrew, elle jeta un coup d'œil dans la cuisine et y trouva Andrew, penché sur les fourneaux.

Il l'aperçut et se tourna vers elle.

— Bonjour.

Soudain consciente du peu de vêtements qu'elle avait réussi à retrouver, elle se cacha du mieux qu'elle put derrière sa robe.

— Nous avons dépassé ce stade, non ? dit-il avec son beau sourire.

Il n'avait pas tort. Elle cessa de s'évertuer à se cacher de la sorte et sentit avec plaisir le regard d'Andrew s'attarder sur elle.

— Où est la salle de bains ?

— C'est le seul inconvénient d'un appartement ancien comme celui-ci, répondit Andrew en lui montrant avec sa spatule une porte fermée qui donnait sur le salon. C'est juste là. Le petit déjeuner devrait bientôt être prêt.

— Je ne pense pas que j'aurai le temps.

Andrew secoua la tête.

— On a toujours le temps de prendre un petit déjeuner. Tout au moins si tu te dépêches de prendre ta douche. À ce propos, je suppose que tu ne…

Elle ne put réprimer un sourire.

— Tu ne vas quand même pas me proposer de me frotter le dos ?

À en juger par l'expression malicieuse d'Andrew, c'était exactement ce qu'il était sur le point de lui suggérer.

— L'espoir fait vivre.

— Tu peux toujours espérer, dit Julie, tant que tu es
conscient que cela ne va pas arriver. À moins que tu ne
veuilles me mettre en retard pour le travail ?

— Espèce de rabat-joie !

Julie releva ses cheveux sur sa tête et prit une douche
aussi rapidement que possible. Malgré tout, elle n'aurait
jamais le temps de rentrer chez elle pour se changer avant
d'aller au *Rose Chalet*. Son seul espoir était de réussir à
faire la cuisine dans la robe qu'elle avait portée la veille,
même si celle-ci convenait mieux à un dîner élégant qu'à
une journée passée derrière les fourneaux. Phoebe
s'habillait bien ainsi pour travailler, alors pourquoi pas
elle ?

Lorsqu'elle sortit de la salle de bains, une délicieuse
odeur lui parvint aux narines. Andrew l'attendait dans la
cuisine, et elle lut avec plaisir dans son regard qu'il
semblait apprécier ce qu'il voyait.

— Qu'est-ce que tu prépares ? demanda Julie. Des
œufs en nid de jambon cru et du pain perdu ? Un
millefeuille de fruits et du yaourt maison ?

— Une omelette, répondit Andrew.

Il ne l'avait pas quittée des yeux. Il ne la regardait pas
avec une expression de désir – même si elle savait qu'il
n'en manquait sans doute pas – mais avec une certaine
douceur.

Il paraissait satisfait.

Et aussi heureux qu'elle l'était elle-même.

— Juste une omelette ? le taquina-t-elle. Mon Dieu,

chef Kyle, mais que vont penser les critiques du guide Michelin ?

Andrew se mit à rire.

— Je ne le leur dirai pas si tu ne leur dis pas non plus. Allez, viens et assieds-toi. Je ne te laisserai pas partir travailler tant que tu n'auras pas fini cette assiette jusqu'à la dernière miette.

Il avait raison, il fallait qu'elle mange quelque chose. Et, même si elle savait qu'il était temps d'y aller, elle n'avait pas encore vraiment envie de partir. Elle s'assit sur le bord du plan de travail pour regarder Andrew travailler.

Elle s'était amusée en préparant le dessert avec lui la veille, mais, cette fois, elle ne l'aida pas. Le dîner de la veille était plus destiné à sa famille puisqu'il ne savait pas si elle viendrait. C'était donc la première fois qu'Andrew faisait la cuisine juste pour elle.

Ses gestes étaient sûrs et adroits, aussi bien quand il cassait les œufs d'une main que quand il mélangeait énergiquement les ingrédients avec une fourchette. Il ajouta des morceaux de bacon et fit revenir quelques tomates, mais sa recette n'avait rien de complexe. Et pourtant, avant même qu'il eut terminé, elle sut que le petit déjeuner serait sensationnel.

Il fit glisser l'omelette fumante sur son assiette et elle goûta. Elle était parfaite.

Andrew l'avait assaisonnée pendant la cuisson et laissée prendre jusqu'à ce qu'elle soit à point, puis il avait intégré juste assez d'ingrédients pour qu'elle ne soit pas terne. Il avait revisité avec originalité un plat simple, et le résultat était si bon qu'elle s'émerveillait à chaque bouchée.

— Je t'ai déjà dit à quel point j'adore te regarder manger ? lui demanda-t-il tendrement. (Il lui sourit avec un air complice.) En fait, j'aime te regarder quoi que tu fasses.

La nuit qu'elle avait passée dans ses bras avait été fantastique. Mais ce moment simple de complicité avec lui était absolument unique.

— Moi aussi, j'aime bien te regarder, répondit-elle avec audace.

— Tu aimes bien, c'est tout ? (Il se mit à rire.) Et moi qui espérais un mot plus fort. Mais bientôt, je te ferais dire exactement ce que je veux, dit-il sur un ton enjoué en haussant les sourcils.

C'était sûrement l'un des grands secrets du succès d'Andrew. Celui-ci n'était pas uniquement dû à sa technique, ni à sa compréhension presque magique des saveurs grâce à son palais supérieur. Ni même à ses années de travail dans des grands restaurants.

La confiance en soi.

C'était le seul ingrédient qui semblait se marier avec tout.

Elle la percevait dans tout ce qu'il faisait, dans chacun de ses gestes et chaque mot qui sortait de sa bouche. Sa confiance en lui attirait le regard de Julie – et de tout le monde – aussi sûrement que ses fossettes. Grâce à elle, c'était un plaisir de le regarder cuisiner. Et grâce à elle, sa cuisine était absolument divine, songea

Julie en prenant une autre bouchée d'omelette et en fermant les yeux pour sentir toutes ses saveurs.

— J'aime te voir sourire, dit Andrew.

— J'ai de nombreuses raisons de sourire.

Elle en eut encore davantage lorsqu'il se pencha vers elle pour l'embrasser.

Quand elle eut terminé son omelette, elle chercha ses clés de voiture et s'apprêta à lui dire au revoir. Andrew passa ses bras autour d'elle.

— Tu es bien silencieuse, fit-il remarquer.

— J'étais en train de réfléchir, répondit-elle, voulant être entièrement honnête avec lui.

— À propos de nous ?

— Ce matin, en me réveillant, tout me semblait si évident, dit-elle lentement. Trop évident, peut-être.

— Mais non. Fais-toi confiance, Julie. Fais confiance à ce que tu ressens.

Si seulement elle pouvait avoir la même confiance que lui, juste pour quelques temps.

— Je dois y aller.

— Tu es sûre ?

Elle hocha la tête.

— J'ai déjà dix minutes de retard. J'ai passé une super soirée. Vraiment.

— Je t'appelle plus tard, d'accord ? Et si tu ne réponds pas, je viendrai jusque chez ta tante pour te voir.

Les choses semblaient si simples quand elle était dans ses bras, songea-t-elle pendant le trajet vers le *Rose Chalet*.

Mais l'étaient-elles vraiment ?

CHAPITRE 12

— Dis-donc, tu as l'air bien heureuse ce matin. (Julie leva les yeux et vit Phoebe entrer dans la cuisine du *Rose Chalet*.) Tu vas bientôt te mettre à siffloter, on dirait. Je ne suis pas sûre que ce soit autorisé, tu sais, plaisanta Phoebe.

Julie ne s'était pas rendue compte que son attitude avait changé de façon aussi évidente. Mais, comment ne pas être d'aussi bonne humeur après avoir dîné – et petit-déjeuné – avec Andrew Kyle ?

— Je connais ce regard, dit Phoebe sur un ton malicieux. (Elle dévisagea longuement Julie.) Qui est l'heureux élu ?

— Phoebe ! s'exclama Julie en se tortillant avec un air embarrassé.

Elle mourait pourtant d'envie de parler à quelqu'un de ce qu'elle ressentait. Et à qui d'autre pouvait-elle le faire ? Evie ? Même si celle-ci n'avait pas prévu de sortir avec ses amis ce soir-là et serait probablement à la maison, il y avait des sujets qu'on ne pouvait pas vraiment aborder avec sa tante.

— Comment as-tu deviné ? demanda Julie.

— Tu as l'air radieuse, et apparemment tu n'es pas passée chez toi te changer. Tu es bien trop élégante pour une journée de travail, fit remarquer Phoebe.

La fleuriste du *Rose Chalet* portait une robe à fleurs qui lui descendait jusqu'aux chevilles, et ressemblait à une gravure de mode des années cinquante. Julie la regarda d'un air narquois, mais elle haussa les sourcils.

— C'est du rétro-chic. Tandis que ça, dit-elle en montrant la robe de Julie, me dit que tu as passé la nuit chez quelqu'un à l'improviste. Je sais faire la différence. Maintenant, vas-tu me dire qui c'est ou bien me laisser deviner ?

Comme Julie ne répondait pas, Phoebe prit un air songeur et appuya sa tête sur sa main tandis qu'elle réfléchissait aux différentes possibilités.

— Voyons… C'est forcément quelqu'un avec qui tu as passé beaucoup de temps. Quelqu'un de beau, bien sûr. Quelqu'un qui… (Elle écarquilla les yeux.) Oh ! mon Dieu, je n'y crois pas ! Andrew Kyle ?

Prise au dépourvu mais se réjouissant intérieurement de pouvoir enfin le dire à quelqu'un, Julie hocha la tête, sans pouvoir s'empêcher de sourire.

— Veinarde ! Il est superbe. Comment ça s'est passé ? Des détails, je veux des détails !

Julie rougit violemment. Mais, il fallait qu'elle en parle à quelqu'un, sinon elle allait exploser.

Après s'être assurée qu'elles étaient bien seules, Julie raconta en quelques phrases l'évolution de sa relation avec Andrew. Phoebe était ravie pour son amie, mais

Julie savait que ce ne serait pas le cas de tout le monde.

— Je te serais vraiment reconnaissante de rester discrète devant Rose. Je pense qu'elle n'appréciera pas d'apprendre que je fréquente un client. Surtout quelqu'un avec qui j'ai déjà une histoire.

Rose n'avait peut-être rien contre le fait de passer du bon temps, mais en tant que patronne du *Rose Chalet*, elle ne voyait sans doute pas d'un bon œil les histoires entre clients et employés.

— Ne t'inquiète pas, je ne dirai rien, lui assura Phoebe. (Julie s'apprêtait à reprendre son travail, mais son amie posa alors la main sur son bras.) Je suis vraiment heureuse pour toi, mais avec un homme comme Andrew Kyle…

— Je sais. Il vaut mieux être prudente, dit Julie. Merci Phoebe.

Phoebe sortit dans le jardin. Julie prit une poêle dans un placard et se retrouva nez à nez avec Rose en se retournant.

La propriétaire du *Rose Chalet* n'avait pas l'air contente. En réalité, son visage était plutôt un masque sans expression, comme si elle ne voulait pas montrer ce qu'elle ressentait. Étrangement, c'était pire que si elle avait crié.

— Julie, j'aimerais te voir dans mon bureau, s'il te plaît.

Sur ces mots, elle tourna les talons sans l'attendre.

Julie sentit son sang se glacer. Rose avait certainement surpris au moins une partie de leur conversation.

Parler avec Phoebe lui avait rappelé ses années de lycée, et à présent elle avait l'impression d'être convoquée dans le bureau du proviseur. Elle allait avoir des ennuis, c'était certain. Mais jusqu'à quel point ?

Quand Julie entra, Rose était déjà assise à son bureau. Celui-ci était recouvert de papiers éparpillés un peu partout, selon une logique qui ne devait avoir de sens que pour sa chef.

Rose lui indiqua d'un geste l'un des fauteuils destinés d'ordinaire aux clients. Julie ne s'y était jamais assise, pas même pour son entretien d'embauche qui avait eu lieu dans la cuisine. La situation lui parut soudain terriblement formelle.

— Assieds-toi s'il te plaît, Julie.

Julie s'exécuta.

— Rose, je peux vous expliquer.

— J'ai entendu la plupart des choses que tu as dites à Phoebe, dit Rose. (Elle n'éleva pas la voix. Elle ne semblait même pas en colère, mais plutôt déçue.) Tu fréquentes Andrew Kyle ?

Julie hésita puis hocha la tête. À ce stade, il était inutile de nier.

— Oui.

— Te rends-tu compte à quel point cela complique les choses ?

— Je suis désolée, dit Julie, mais une petite étincelle de défi s'alluma dans son regard. En réalité, la situation était déjà compliquée entre lui et moi.

— Tu fais allusion à la mauvaise critique qu'il a rédigée sur ton restaurant ? (Rose regarda Julie avec insistance.) Dont tu n'as pas jugé bon de me parler après avoir appris qu'il était le frère d'un client ?

Julie baissa lourdement la tête. Elle avait tout gâché, elle en était consciente.

— J'ai pensé que si je vous le disais, vous ne me laisseriez pas travailler pour ce mariage.

— Et tu as donc préféré me mentir.

— Je n'ai pas vraiment menti, j'ai simplement omis de le mentionner. (Julie grimaça en s'entendant parler.) Non que cela fasse une différence, je le sais bien.

— La part de responsabilité d'Andrew dans la faillite de ton restaurant n'est apparemment pas la seule chose dont tu ne m'as pas parlé, poursuivit Rose. J'ignore comment tu t'es retrouvée dans sa nouvelle émission télévisée…

— C'était un accident, protesta Julie, même si elle savait que c'était inutile.

— Et puis vous vous embrassez, tu vas dîner chez lui avec sa famille, tu passes la nuit avec lui… Je ne sais pas quoi en penser, Julie.

— Je n'avais rien prévu de tout cela. J'avais l'intention de faire abstraction de la critique d'Andrew. (Julie se tortilla sur son siège.) D'avoir une attitude professionnelle à ce sujet.

Rose pinça les lèvres, se retenant visiblement de dire le fond de sa pensée.

— Oui, il aurait été avisé d'avoir une attitude

professionnelle, dit-elle après quelques secondes d'hésitation, mais ce n'est clairement pas ce qui s'est passé.

Julie hocha la tête.

— Je suis désolée. Vraiment.

Elle se demanda combien de fois il lui faudrait le répéter. Même si elle était prête à présenter des excuses autant de fois que nécessaire pour pouvoir garder son travail.

— Julie, nous n'allons pas pouvoir continuer à travailler ensemble.

— Comment cela ? (Elle eut besoin de quelques instants pour assimiler ces paroles.) Vous me mettez à la porte ?

Rose hocha la tête.

— Je n'ai pas le choix.

— Mais le mariage Kyle…

— Je vais devoir trouver quelqu'un d'autre. Écoute, je me ferais un plaisir de te recommander. Tu es une bonne cuisinière. C'est tout le reste qui me pose problème.

Julie porta les mains à son visage. Elle sentait les larmes lui monter aux yeux, mais elle était résolue à ne pas pleurer. Pas ici, pas ainsi.

— Mais je…

Julie regarda avec étonnement Rose se lever et faire le tour de son bureau. Elle se demanda un instant si elle allait littéralement la jeter dehors. Il ne manquerait plus que cela.

Mais Rose fit quelque chose d'encore plus surprenant. Elle posa une main réconfortante sur l'épaule de Julie.

— Je sais que c'est dur, mais je pense que c'est pour le mieux. Quand tu auras le temps d'y réfléchir, tu seras peut-être même d'accord. J'ai besoin d'une personne prête à s'engager sur le long terme, et je crois que ce travail ne t'a jamais vraiment intéressée, Julie.

— Ce n'est pas vrai, protesta Julie.

Mais Rose poursuivit :

— Tu avais ton propre restaurant. Faire la cuisine ici pour des mariages serait toujours resté un second choix pour toi. Même Andrew a trouvé que tu n'avais pas mis assez de cœur dans tes plats pour la dégustation.

Julie se demanda comment la situation avait pu dégénérer aussi rapidement, et comment une matinée si parfaite pouvait être suivie d'un après-midi aussi horrible. Que dirait sa tante Evie en apprenant qu'elle avait réussi à perdre le travail que celle-ci lui avait plus ou moins offert sur un plateau ?

— Tu n'es pas obligée de terminer la journée, dit Rose. Et je veux que tu saches que ma décision n'a rien de personnel. Je crois simplement que tu n'es pas la bonne personne pour ce travail. Je suis désolée. Évidemment, tu seras payée pour tes quelques jours de travail.

Julie hocha la tête et se leva. Il fallait qu'elle quitte le bureau avant de s'effondrer. Elle bredouilla qu'elle était reconnaissante à Rose de lui avoir offert cette opportunité, puis sortit et marcha jusqu'au parking sans s'arrêter. Elle commença alors seulement à réaliser ce qui lui était arrivé.

Elle avait été mise à la porte.

Elle avait perdu le seul travail qu'elle avait réussi à trouver après la fermeture de son restaurant, tout cela parce qu'elle avait été assez stupide pour tomber sous le charme d'Andrew Kyle.

CHAPITRE 13

Consciente qu'il n'était pas raisonnable de prendre le volant, Julie rentra à pied chez sa tante, le souffle court et le cœur serré. Elle était dans un état second et n'essaya même pas d'attraper le bus. Elle le regarda passer, tandis qu'elle s'efforçait de comprendre ce qui venait d'arriver.

Son téléphone sonna au moment même où les premières gouttes de pluie se mirent à tomber. Elle ne se sentait pas capable de parler à quelqu'un, mais ne put résister à l'envie d'écouter le message qu'on lui avait laissé sur son répondeur. Et si c'était Rose qui appelait pour lui dire qu'elle avait changé d'avis ?

La voix de Phoebe retentit : « Je viens juste d'apprendre que tu allais arrêter de travailler ici. » (Sa nouvelle amie s'interrompit quelques instants, comme si elle se rendait compte qu'elle avait manqué de tact.) « J'espère que tu vas bien. Je suis tellement désolée. Je n'aurais pas dû te poser des questions sur Andrew. Je n'aurais pas dû aborder ce sujet, ni de près ni de loin. Je me sens vraiment mal. S'il te plaît, rappelle-moi quand tu pourras. »

Julie hésita, le doigt oscillant au-dessus du bouton

« appel ». Elle ne faisait aucun reproche à Phoebe. Elle était même touchée qu'elle prenne la peine de prendre de ses nouvelles. Mais elle ne se sentait toujours pas la force de parler, encore moins pour faire semblant qu'elle allait bien.

Glissant son portable dans sa poche, Julie continua à marcher, sans prendre la peine d'éviter les flaques qui avaient commencé à se former sur le trottoir. Elle n'avait qu'une envie, c'était de se pelotonner sur le canapé et de prétendre pendant quelque temps que ce qui était arrivé n'avait pas d'importance. Même si en réalité, c'était un désastre.

Julie passa devant un food truck garé au bout de son pâté de maisons, mais ne s'arrêta même pas pour voir ce qu'il servait. Elle avait un nœud au ventre rien qu'en pensant à la nourriture.

Quand elle arriva chez sa tante Evie, elle était trempée jusqu'aux os. Elle espérait de tout cœur que sa tante serait chez elle. Elle la serrerait dans ses bras et lui dirait que tout irait bien, même si c'était un mensonge.

Mais elle pensa alors à toutes les années qu'Evie avait passées à cuisiner au *Rose Chalet*, et à l'énergie qu'elle avait déployée pour que Julie prenne sa suite. Comment réagirait-elle en apprenant qu'elle avait tenu trois jours ? Serait-elle en colère ? Déçue ? Sa tante n'était plus toute jeune, et avec son travail stressant au *Rose Chalet* et les innombrables mariages dont elle avait dû s'occuper, sa santé avait pris un coup. Quel effet aurait cette nouvelle sur elle ?

Julie se dirigea vers sa chambre et fouilla dans un de ses tiroirs, jusqu'à ce qu'elle mette la main sur un petit carnet. Elle avait prévu de s'en servir pour noter des recettes, mais il était encore vierge. Elle en tira une feuille de papier pliée, coincée entre la couverture et la première page. Elle la déplia et relut les mots familiers de la critique d'Andrew.

Restaurant Delgado : *2 étoiles sur 5.*

Elle ne se souvenait plus très bien pourquoi elle avait imprimé la critique et l'avait mise là. Peut-être avait-elle voulu qu'elle soit un coup de fouet, une source d'inspiration. Qu'elle lui rappelle à quel point les choses pouvaient dégénérer rapidement. Quoi qu'il en soit, il lui avait paru important à l'époque de l'avoir sur elle car elle voulait garder une trace des deux petits paragraphes qui avaient bouleversé sa vie.

(…) Mais pour survivre et prospérer, un restaurant doit offrir davantage que des plats ternes. (…)

Je n'ai pas ressenti cette passion chez Delgado.

Elle avait rêvé de pouvoir faire manger sa critique à Andrew Kyle un jour. Julie sourit d'un air sombre à cette pensée, puis parcourut rapidement les quelques lignes qu'elle aurait était capable de réciter par cœur.

Et à en juger par les nombreuses tables vides autour de moi, je n'étais pas le seul à être de cet avis.

C'était des mots si simples, et pourtant ils avaient été si dévastateurs. En arrivant au bout de la critique, elle recommença à la lire.

Peut-être qu'à l'avenir, la propriétaire se servira de ses compétences indéniables pour concevoir une carte plus créative.

Pour la première fois, deux pensées lui vinrent à l'esprit en lisant cette phrase. Parler de ses « compétences indéniables » était un compliment. Et puisqu'il évoquait l'« avenir », Andrew semblait penser qu'elle en avait un.

Elle ignorait combien de temps elle était restée ainsi assise devant ce morceau de papier, comme si elle avait oublié le monde extérieur. Elle aurait aimé pouvoir se dire que c'était encore une fois de la faute d'Andrew si sa vie s'était écroulée, alors que sa situation était sur le point de s'améliorer.

Mais elle ne pouvait pas se mentir. Il ne lui avait pas délibérément fait du mal.

Il ne comprenait simplement pas que prendre des risques comme il le faisait ne fonctionnait pas pour tout le monde. Il agissait en suivant son instinct sans jamais penser aux conséquences, parce qu'il n'y en avait jamais pour lui.

Mais pour Julie, la vie semblait être une succession de conséquences. De conséquences désastreuses.

Elle était consciente d'être en train de s'apitoyer sur son sort, et se força à ranger la critique dans le carnet. Cela ne changea pas grand-chose, car les mots résonnaient en boucle dans sa tête.

Julie décida alors de prendre une douche. Elle fit monter la température de l'eau autant qu'elle put le supporter et ferma les yeux de toutes ses forces. Mais rien n'y faisait. Elle revoyait encore la dernière phrase d'Andrew – *C'est un restaurant que l'on oublie rapidement* –, comme si elle avait été imprimée dans sa tête à l'encre indélébile.

Lorsqu'elle rouvrit les yeux, elle était assise par terre dans la douche et serrait ses genoux contre elle. Elle avait eu beau essayer de se voiler la face, cela faisait des mois que les affaires du *Delgado* déclinaient quand la critique à deux étoiles d'Andrew était parue. Elle n'avait été que le coup de grâce. Quant à la nuit qu'elle avait passée avec Andrew, le petit déjeuner, ses doux baisers…, c'était elle qui avait fait le choix de rester. Le choix de prendre le risque.

Le choix d'essayer d'être heureuse.

Julie en conclut qu'elle était seule responsable d'avoir fichu sa vie en l'air. Andrew n'y était pour rien.

Le téléphone se remit à sonner. Elle ne bougea pas et resta assise dans la douche jusqu'à ce que l'eau qui ruisselait sur ses épaules devienne froide. Cela ne l'aida pas à effacer les mots d'Andrew de sa tête. *C'est un restaurant que l'on oublie rapidement.* Mais, quand elle sortit enfin de la douche et se sécha, elle y voyait déjà un peu plus clair. Elle enfila un jean et un pull foncé et regarda son portable.

Appel manqué : Andrew Kyle.

Julie ne se sentait pas capable de le rappeler. Même si elle ne le tenait pas pour responsable de tout ce qui s'était passé, elle n'était pas non plus sûre de pouvoir supporter de le revoir.

Pas après avoir appris à ses dépens qu'il ne valait pas

la peine de prendre des risques.

Soudain, Julie ressentit une forte sensation de faim et comprit qu'il était déjà tard avant même de regarder sa montre. Elle savait que sa situation ne lui paraîtrait pas moins désespérée avec l'estomac rempli, mais il ne servait à rien de se laisser mourir de faim. Pourtant, pour la première fois depuis bien longtemps, Julie ne se sentit pas capable de faire la cuisine. Même à l'époque où son restaurant avait coulé, elle trouvait qu'il y avait quelque chose d'apaisant à choisir une recette et à la suivre.

Julie repensa au food truck devant lequel elle était passée en rentrant chez elle. Elle trouva un vieux parapluie et sortit dans la rue déserte, en espérant qu'il serait encore là.

Par chance, c'était le cas. Le propriétaire était un homme d'une cinquantaine d'années au crâne dégarni. Son tablier était maculé de taches de graisse, ce qui était inévitable compte tenu de son travail.

Il adressa un grand sourire à Julie en la voyant.

— Un client ! Je commençais à croire que la pluie les avait tous chassés. Qu'est-ce que je peux vous servir ?

Le menu était assez simple. Le food truck proposait des saucisses, des burgers, des sandwichs au steak ou au poulet, et des frites. C'était exactement ce dont avait besoin Julie pour se réconforter. Elle opta pour un sandwich au poulet. Son intention était de l'emporter, mais elle se ravisa. Mieux valait être dehors sous la pluie que seule chez elle à ressasser son malheur.

Franck, le propriétaire du camion, était heureux

d'avoir de la compagnie. Il lui raconta qu'aucun client ne s'était présenté depuis que la pluie s'était mise à tomber, mais il n'avait pas changé d'emplacement parce que ce devait être la même chose ailleurs. C'était les aléas du métier, lui expliqua-t-il gaiement. Un couple de clients arriva alors, et malgré le temps maussade, Frank affirma que Julie lui portait bonheur.

— La chance ne semble pourtant pas être de mon côté, répliqua Julie.

Elle remarqua soudain le petit panneau « Recherche aide » sur le côté du camion. Une partie d'elle écarta immédiatement cette possibilité. Le *Rose Chalet* représentait déjà un pas en arrière pour elle, mais travailler ici serait plus que cela encore. Elle avait été propriétaire de son restaurant. Elle ne devrait même pas envisager un tel...

— Quel genre d'aide recherchez-vous ? demanda Julie malgré elle.

Elle devait se rendre à l'évidence : elle était sans emploi, et il était peu probable qu'elle trouve autre chose. Et, méritait-elle vraiment mieux, après tout ce qui s'était passé ?

— Oh ! je cherche quelqu'un pour me décharger un peu, dit Franck. Pour faire la vaisselle, un peu de friture. Vous connaissez quelqu'un susceptible d'être intéressé ?

Julie savait qu'elle devrait dire non. Andrew aurait été furieux qu'elle se propose. Même sa tante Evie lui aurait dit qu'elle se sous-estimait.

Mais au point où elle en était, Julie avait simplement

besoin de quelque chose de réel. De concret. Quelque chose qu'elle était capable de faire, et de faire bien.

— Oui, s'empressa-t-elle de répondre avant d'avoir le temps de changer d'avis. Moi.

CHAPITRE 14

— Coupez ! Et préparez-vous pour la partie « Techniques de base ».

Une fois les caméras éteintes, Andrew serra la main du chef avec lequel il cuisinait – et dont il avait oublié le nom. Il se mit ensuite à l'écart et vérifia son téléphone aussi discrètement qu'il le put.

Rien. Pas de texto, pas d'e-mail, pas de message vocal.

Comme les trois dernières fois qu'il avait regardé.

Il rangea son portable en voyant Sandy s'approcher de lui, accompagnée de deux jeunes femmes d'une vingtaine d'années. Elles étaient soi-disant ses plus grandes fans, et demandèrent à prendre une photo avec lui. Pour la première fois depuis longtemps, Andrew dut se faire violence pour faire mine de se prêter de bonne grâce à ce rituel. Il se plaça entre les deux filles pendant que Sandy prenait la photo, et l'une d'elles lui glissa un morceau de papier dans la main. Andrew y jeta un coup d'œil, c'était un numéro de téléphone.

Sandy fit sortir les deux filles du plateau puis retourna vers Andrew. Elle arriva juste au moment où il jetait le numéro de la fille.

— Qu'est-ce qui vous arrive aujourd'hui ?

— Fiche-moi la paix, Sandy. Pourquoi ne cherches-tu pas quelque chose d'utile à faire ? Aller me chercher un café, par exemple.

Elle se contenta de hausser les sourcils et de croiser les bras.

— Je suis désolé, dit-il immédiatement, conscient de se comporter comme le pire des patrons. Je suis juste un peu…

— Buté ? Stupide ? Monumentalement…

— Je peux encore te virer, tu sais.

Sandy leva les yeux au ciel.

— Allez-vous enfin cesser de tourmenter votre assistante et lui dire ce qui ne va pas, ou bien faut-il que je joue aux devinettes ?

Andrew sourit, et c'était sans doute la première fois de la journée – les sourires qu'il faisait devant les caméras ne comptaient pas.

— C'est à cause de cette cuisinière du *Rose Chalet*, non ? Celle que vous regardez avec des yeux de merlan frit.

— Sandy, j'ai passé l'âge de regarder quelqu'un avec des yeux de merlan frit.

Son assistante prit un air exaspéré.

— Vous regardez votre portable plus souvent qu'une adolescente amoureuse.

Andrew ne s'était pas rendu compte que c'était aussi évident. C'était embarrassant, mais Sandy avait raison.

Mais, pourquoi Julie ne l'avait-elle pas rappelé ? Il pensait que tout allait à merveille. Ils avaient passé une nuit de rêve ensemble, mais il ne s'agissait pas uniquement de cela. Le plus surprenant avait été le lendemain matin. Le lien qui s'était tissé entre eux s'était renforcé. Il en était convaincu.

Et pourtant, Julie le repoussait de nouveau, comme après leur premier baiser. Si elle l'avait évité alors, c'était parce qu'elle avait peur. C'était un obstacle surmontable. Mais, cette fois, c'était plus grave.

Son silence lui donnait plus l'impression qu'elle en avait vraiment fini avec lui.

— Pourquoi n'allez-vous pas la voir ? demanda Sandy. Pour parler. C'est ce que les magazines conseillent toujours, non ? Et puis, c'est une bien meilleure idée que d'aller se soûler dans un bar et d'avoir une aventure sans lendemain.

Sandy avait raison. Avoir une discussion avec Julie avait déjà porté ses fruits une fois par le passé, et, de plus, il devait passer au *Rose Chalet* pour les préparatifs du mariage.

Non qu'il ait besoin d'une excuse. Andrew avait prévenu Julie que si elle ne répondait pas à ses appels, il viendrait jusqu'à elle pour comprendre pourquoi.

— Tu sais, Sandy, tu as parfois de bonnes idées.

— Enfin, vous vous en rendez compte, dit-elle sur un ton sarcastique. Au fait, pendant que vous y êtes, dites-lui que les producteurs sont en train de programmer la dernière émission de la saison. Ils veulent qu'elle y participe, chef.

Andrew conduisit à toute vitesse jusqu'au *Rose Chalet*, mais Julie était absente, et Rose aussi. Seule Phoebe, la fleuriste, était là.

— Savez-vous où est Julie ?

— Elle ne travaille plus ici. À cause de vous.

— Quoi ? Elle a été renvoyée ? À cause de *moi* ?

— Je ne vois pas quelle autre raison il pourrait y avoir.

Il se passa la main dans les cheveux, songeant déjà à dire à Rose qu'il annulerait le mariage si elle ne reprenait pas Julie.

— Elle ne répond pas au téléphone. Je ne savais pas.

La fleuriste plissa les yeux.

— Écoutez, je sais que toutes les relations ont une fin. Mais Julie est mon amie et elle a été blessée à cause de ce qui est arrivé. À cause de vous.

— Dites-moi où elle est, Phoebe. Il faut que je lui parle.

— Je ne sais pas où elle est. Mais je pense que vous devriez lui ficher la paix et la laisser vivre sa vie.

Pourquoi Julie ne lui avait-elle rien dit ? Quelle raison pouvait bien avoir Rose de l'avoir mise à la porte ? Il n'en savait rien, mais il avait bien l'intention de l'apprendre.

Il traversa la ville à toute allure en direction de la maison de Julie, mais ce fut sa tante qui vint lui ouvrir.

— Oh ! elle est partie travailler, mais elle sera de retour ce soir, lui expliqua-t-elle, comme si tout allait parfaitement bien.

— Mais je reviens tout juste du... (Andrew prit conscience qu'il commençait à élever la voix. Cela ne lui arrivait jamais. Jamais.) Pouvez-vous dire à Julie que je suis passé ? Et que j'aimerais lui parler.

Il partit précipitamment, déconcerté. Pourquoi la tante de Julie ne paraissait-elle pas être au courant que Julie avait été renvoyée ?

Quelques minutes plus tard, il n'en crut pas ses yeux en apercevant Julie dans un food truck garé au bout du pâté de maisons où elle habitait. Jamais il n'aurait pourtant pensé à la chercher là. Et, s'il l'avait trouvée, c'était peut-être simplement parce qu'elle comptait tant pour lui et qu'il voulait désespérément lui parler.

Il se gara au premier endroit venu, sans se soucier de savoir s'il s'agissait d'une place. Julie était en train de servir un burger à un client, et Andrew dut se faire violence pour ne pas écarter l'homme hors de son chemin.

— Julie, qu'est-ce que tu fais ici ? Et pourquoi n'as-tu pas répondu à mes messages ? Phoebe m'a raconté ce qui s'était passé. Je vais dire à Rose que nous allons annuler le mariage si elle...

— Non !

La véhémence de sa réponse le surprit, mais il poursuivit :

— Pourquoi m'évites-tu ? Tu ne m'as même pas appelé pour me dire que tu ne travaillais plus au *Rose Chalet*. Tu m'avais pourtant promis que tu ne prendrais pas tes distances ainsi.

— Et toi, tu m'avais promis que tout irait bien si je te faisais confiance. (Elle secoua la tête.) Je suis désolée de ne pas t'avoir rappelé et de ne pas t'avoir dit que j'avais perdu mon travail. Mais tu devrais y aller. Je n'ai pas envie de perdre ce travail aussi à cause de toi.

— Julie, dit-il doucement. Je sais que ce n'est pas facile pour toi, mais je te demande simplement de sortir de ton camion et de venir parler avec moi.

Elle secoua la tête.

— Je ne peux pas. Je ne peux pas… c'est tout. Je t'ai écouté, mais j'ai vu ce que cela a donné. Alors, s'il te plaît, laisse-moi faire les choses à ma manière maintenant.

— Et, qu'est-ce que cela signifie exactement ? demanda-t-il. (Il sentait la colère monter en lui, et toute douceur avait disparu de sa voix.) Ne pas m'appeler ? Ne pas me parler ? Ne pas me dire quand tu es blessée ?

Lui aussi était blessé qu'elle ne lui donne plus de nouvelles et le chasse de sa vie comme s'il ne comptait pour rien, mais s'en souciait-elle ?

— Cela fonctionnait bien entre nous, lui rappela-t-il. Tu étais heureuse.

— Pendant une nuit. Et une matinée. (Elle détourna les yeux.) Le prix à payer est trop élevé. Tout ce pour quoi j'ai travaillé.

Il avait du mal à la croire. Et cela le rendait fou de la voir si calme. Comme si elle ne ressentait rien.

— Tu vas donc renoncer à tout ce que nous aurions

pu vivre ensemble parce que tu as été mise à la porte d'un travail qui ne te plaisait même pas ? Renoncer à être heureuse parce que tu refuses de prendre le moindre risque ?

— Pourquoi devrais-je prendre ce risque ? demanda-t-elle en élevant enfin la voix. Chaque fois que j'ai pris un risque, je l'ai regretté. Je sais que tu ne comprends pas et que tu ne comprendras jamais, mais ce n'est qu'une des raisons pour lesquelles je ne t'ai pas appelé. (Elle soupira.) Je n'ai pas envie de me disputer.

Elle paraissait plus triste qu'en colère, et Andrew sentit une vague d'émotion le submerger en la voyant ainsi. Il la regarda fixement pendant plusieurs secondes, debout dans le food truck, vêtue d'un tablier blanc taché pour protéger son jean et son tee-shirt.

— Au moins, laisse-moi t'aider à trouver autre chose...

Julie secoua la tête sans le laisser terminer sa phrase.

— Non, je t'en prie. Tu en as déjà assez fait.

Andrew tressaillit. Au prix d'un grand effort sur lui-même, il mit ses sentiments de côté et lui dit sur un ton détaché :

— Les producteurs de mon émission veulent que tu reviennes.

— Andrew...

— Tu leur as plu, et ils voudraient que tu participes au grand concours de cuisine en direct. Réfléchis-y, Julie. Tu sais bien que tu le mérites.

Elle haussa les épaules.

— Je ne t'apprendrai rien en te disant que les gens n'obtiennent pas toujours ce qu'ils méritent.

— Tu vas donc refuser ? (Curieusement, cela le rendit encore plus furieux que le reste.) Une ou deux choses tournent mal…

— Pas une ou deux choses, le corrigea-t-elle. À peu près tout dans ma vie.

— … et tu décides de passer à côté d'une chance comme celle-ci ? Je ne te comprends pas, Julie. Vraiment pas.

Elle s'approcha du gril pour retourner quelques morceaux de poulet et un hot dog. Elle était capable de tellement plus, songea Andrew.

— Tant pis si tu ne comprends pas, répliqua-t-elle. L'important est que, moi, je comprenne. Et je ne peux pas retourner dans ton émission.

— Et tu veux me faire croire que cela te suffit ? dit-il en montrant le camion d'un geste.

— Je vais devoir m'en satisfaire, répondit-elle en haussant de nouveau les épaules. Du moins pour le moment. Je n'ai pas voulu que les choses tournent ainsi. (Elle le regarda avec une expression de souffrance.) Je suis désolée de t'avoir fait du mal. Je suis désolée de ne pas pouvoir participer à l'émission. Et de ne pas pouvoir être la personne que tu voudrais que je sois.

Il secoua la tête.

— Je ne peux pas accepter tes excuses. Je refuse de les accepter. Si tu es désolée, alors pourquoi renonces-tu à ce que nous aurions pu avoir ? Ou plutôt à ce que nous avons eu. Je n'ai que faire de tes excuses, tout ce que je veux, c'est être avec…

Avec toi.

Il ne le dit pas, mais ce n'était pas nécessaire.

— Je suis désolée, répéta Julie.

Andrew savait qu'il serait inutile d'insister. Mais l'explication de Julie n'était pas suffisante. Elle était loin d'être suffisante.

Il était prêt à faire n'importe quoi pour elle, mais elle avait encore trop peur d'admettre ce qu'elle ressentait vraiment pour lui. Et, après le mal que lui avait causé son renvoi du *Rose Chalet*, elle ne prendrait sûrement pas le risque de lui ouvrir son cœur.

Il lui semblait évident qu'elle ne le ferait jamais.

Il tourna les talons et se dirigea vers sa voiture d'un pas lourd, sans se retourner. Il mit le moteur en route et partit en direction du studio. Sa vie serait plus simple sans Julie Delgado, se dit-il.

Si seulement il arrivait à s'en convaincre.

CHAPITRE 15

— Voilà pour toi, Betty, dit Julie en lui tendant un sandwich grillé au thon, aux œufs et aux crudités. À demain, j'espère ?

— Oh non ! Je ne peux quand même pas manger ici deux jours de suite.

Julie sourit intérieurement. La dame lui avait dit la même chose les trois jours précédents. Elle s'occupa du client suivant pendant que Franck discutait avec un homme d'un certain âge, qui lui parlait des succès de son équipe de base-ball.

— Vous avez bonne mine aujourd'hui, Alvin, dit Julie, qui prit l'initiative de préparer sa commande. Tout va bien avec Ethel, alors ?

Le vieil homme lui donna des nouvelles de sa femme, puis embraya sur d'autres sujets. Julie mit plusieurs commandes sur le gril pendant leur longue conversation. Après le départ d'Alvin, Frank se tourna vers elle.

— Tu sais, tu ne devrais pas parler aussi longtemps aux clients, Julie.

Elle éclata de rire. Ce n'était pas la première fois qu'il lui disait cela, et à chaque fois, il passait une bonne dizaine de minutes à discuter avec le client suivant.

— Je m'arrêterai quand vous vous arrêterez aussi.

Il écarta les mains dans un geste d'impuissance.

— Je ne peux pas m'arrêter, c'est mon feuilleton personnel. (Il s'interrompit un instant.) Julie, je peux te poser une question ?

Cela ne semblait rien présager de bon.

— Allez-y.

— Pourquoi travailles-tu ici ? Je ne te verse même pas le salaire minimum, tu n'es pas rentrée une seule fois chez toi avant la tombée de la nuit cette semaine, et tu cuisines assez bien pour trouver un emploi ailleurs si tu voulais. Pourquoi rester ?

— Je me sens bien ici. (Elle réalisa avec étonnement que, pour une fois, les choses étaient vraiment simples.) Et puis, comment feriez-vous sans moi pour vous occuper de tous ces nouveaux clients ?

Il hocha la tête.

— Je m'inquiète quand même pour toi.

Elle sourit à Frank. Elle appréciait réellement de travailler avec lui.

— Il n'y a pas de raisons.

— Laisse-moi au moins te donner une augmentation. Ainsi, je pourrai continuer à t'exploiter en toute bonne conscience. (Il prit un air déconfit.) En tout cas, dès que je pourrai me le permettre.

— Cela me va très bien, Frank.

Son patron adorait parler avec les clients de leur vie, et pourtant il avait posé très peu de questions à Julie sur la sienne. Il avait dû se rendre compte qu'elle avait besoin qu'on la laisse tranquille, surtout depuis sa conversation désastreuse avec Andrew quelques jours plus tôt.

Elle avait eu du mal à parler à sa tante de son nouveau travail. À vrai dire, le plus dur n'avait pas été d'en parler, mais de prendre son courage à deux mains pour le faire. Sa tante l'avait serrée dans ses bras et lui avait assuré que les choses finiraient par s'arranger. Le lendemain, elle était venue la voir sur son lieu de travail, et Frank et elle s'étaient tout de suite bien entendus. Ils avaient discuté longuement à voix basse des talents culinaires de Julie et de ses idées de menus. Elle avait fini par leur faire remarquer sur un ton amusé qu'elle entendait tout ce qu'ils disaient.

Après le rush du déjeuner, alors que Julie était encore derrière le comptoir du camion, son téléphone sonna. Cela faisait cinq jours, trois heures et quarante-huit minutes exactement qu'Andrew était sorti de sa vie. Julie regarda l'écran de son portable : c'était Sandy, l'assistante d'Andrew.

— Allo ?

— Bonjour Julie. Je suis l'assistante d'Andrew Kyle et je vous appelle pour savoir si vous avez réfléchi à notre proposition. Acceptez-vous de participer à notre concours de cuisine pour le dernier épisode de *Cuisine & Créations* ?

— Je…, commença-t-elle, prise de court. Comment va Andrew ? ne put-elle s'empêcher de demander.

— Pourquoi ne lui demandez-vous pas vous-même ?

(Son ton sec rappela à Julie à quel point l'assistante d'Andrew était protectrice envers son chef.) Écoutez, dit-elle avec un soupir dans lequel Julie crut percevoir une légère compassion, j'ai cru comprendre que la situation entre vous n'était pas simple. Mais j'ai vraiment besoin de savoir si vous voulez ou non participer à l'émission.

— Il faut que je réfléchisse, répondit Julie avant de dire au revoir et de raccrocher.

Elle rangea son portable dans la poche de son tablier et se remit au travail.

Une heure plus tard, le producteur de *Cuisine & Créations* en personne lui téléphona pour essayer de la persuader. Elle lui répondit la même chose qu'à Sandy : elle devait réfléchir.

Andrew fut bien entendu le seul à ne pas l'appeler pour insister. Cela l'attrista, mais elle essaya de se convaincre que c'était pour le mieux. Après tout, c'était ce qu'elle avait demandé. Qu'il la laisse tranquille. Il lui était donc difficile de se plaindre, même si elle ne pouvait s'empêcher de penser à lui presque tous les soirs. Un jour, sa tante Evie avait éteint la télévision pendant la diffusion de l'émission d'Andrew, mais Julie l'avait rallumée en lui disant de ne pas s'inquiéter pour elle.

Mis à part son histoire avec Andrew, elle avait l'impression que tout allait bien dans sa vie.

Son nouveau travail au food truck n'était pas stressant. Quand les clients leur demandaient comment ils arrivaient à servir une cuisine aussi bonne, Frank répondait toujours qu'ils se contentaient d'utiliser des produits simples et bons.

Julie commençait à réaliser qu'il avait raison. Ici, on n'exigeait pas d'elle une cuisine radicalement différente, et on ne lui imposait pas de « règles ». Les clients étaient simplement heureux de goûter ce qu'elle préparait, même si c'était seulement un peu différent. Grâce à cette absence de pression et à la liberté que lui laissait Frank, elle pouvait se détendre et faire de la bonne cuisine.

Après toutes ces années passées à essayer de se faire une place en cuisine, elle prenait conscience avec étonnement qu'elle pouvait enfin être elle-même.

— Dites-moi, Frank, demanda un jeune homme robuste qui travaillait sur un chantier voisin, qu'est-ce qu'il y a dans ce hot dog ?

— Pourquoi ? demanda Frank. Est-ce qu'il y a un problème ?

— Non, pas du tout. C'est bon. Très bon, même. Cela me rappelle les saucisses maison de ma grand-mère quand j'étais petit.

— C'est la recette de Julie, répondit Frank avec une fierté évidente qui la fit sourire.

Elle avait la tête pleine d'idées de nouvelles recettes. Comme la sauce tomate qu'elle avait concoctée ce jour-là pour les sandwichs aux boulettes. En ajoutant simplement quelques épices supplémentaires, elle en avait fait une sauce tomate vraiment spéciale.

Pour la première fois depuis bien longtemps, Julie s'était surprise à sourire en partant travailler. Mais elle savait qu'il lui faudrait tôt ou tard faire face aux nombreuses questions qu'elle avait mises de côté dans un coin de sa tête.

Bientôt.

Elle prit une profonde inspiration et s'essuya les mains sur son tablier.

Elle allait arrêter de remettre les choses à plus tard.

Frank accepta gentiment de laisser une heure de libre à Julie. Elle prépara rapidement quelques sandwichs et boulettes puis partit en direction du *Rose Chalet*. Rose, Phoebe et RJ étaient tous les trois dans la grande salle à manger, et discutaient de l'emplacement d'un belvédère. Pour être plus exact, Rose en discutait. Phoebe essayait avec tact de lui dire que ce n'était peut-être pas la meilleure solution, tandis que RJ, sans les écouter, ne voyait qu'un seul endroit possible où le belvédère tiendrait debout.

Julie eut un bref sourire en les voyant travailler ainsi.

— Bonjour tout le monde !

— Julie ! Qu'est-ce que tu fais ici ? demanda Phoebe en se levant et en la serrant dans ses bras.

À la grande surprise de Julie, Rose en fit de même.

— Bonjour Julie. Tout va bien ?

Quelques jours plus tôt, Julie n'aurait même pas réussi à hocher la tête. Ce jour-là, malgré sa nervosité, elle sourit en soulevant le panier qu'elle avait préparé au food truck.

— J'ai apporté de quoi déjeuner. Je sais qu'une fois sur deux, vous êtes tous trop occupés pour y penser vous-mêmes. (Rose regarda son panier d'un air légèrement suspicieux et Julie se mit à rire.) Ne vous inquiétez pas, ce n'est pas une astuce pour récupérer mon travail. J'en ai trouvé un autre, qui me plaît vraiment. C'est… J'ai juste eu envie de passer vous dire bonjour.

Et elle ne le regretta pas, surtout en voyant l'accueil qu'ils réservèrent à ce qu'elle avait apporté. RJ dévora deux sandwichs au poulet avant de s'attaquer à un hot dog. Phoebe termina une assiette entière de frites à la sauce au bleu, et ne réalisa que trop tard qu'elle n'en avait même pas proposé aux autres. Rose elle-même goûta une boulette de viande.

— C'est bon, dit-elle. (Elle se tourna vers Phoebe et RJ, qui finissaient de manger.) N'oubliez pas que le belvédère doit être installé aujourd'hui. Julie, veux-tu m'accompagner dans mon bureau pour parler un moment ?

La seule fois où Julie était entrée dans le bureau de Rose était le jour où elle avait été mise à la porte. Ce souvenir n'était plus aussi douloureux aujourd'hui. Elle s'installa sur l'un des fauteuils réservés aux clients, et, à sa grande surprise, Rose ne s'assit pas derrière son bureau mais sur le siège à côté d'elle.

— Je suis contente que tu ailles bien, dit Rose. Je sais à quel point tu étais bouleversée la dernière fois que nous nous sommes vues.

— Cela n'a pas été facile, mais je comprends pourquoi vous avez dû prendre cette décision. Sincèrement.

— Après tout ce qui s'était passé et le mariage qui approchait, je n'avais pas tellement le choix, expliqua Rose. Ma réaction a sans doute été un peu exagérée, mais quand j'ai appris que tu avais passé la nuit avec Andrew, je n'ai pas su quoi faire d'autre.

Julie hocha la tête.

— Comme je vous le disais, je comprends. Je ne suis pas venue vous faire des reproches.

— J'avoue que je ne suis pas sûre de comprendre la raison de ta présence, dit Rose. Ne le prends pas mal, c'est très gentil de ta part de nous avoir apporté un déjeuner et cela me fait plaisir de te revoir. Mais pourquoi es-tu venue ?

— Je ne suis pas là pour vous demander de me reprendre, mais pour vous présenter des excuses. Je vous apprécie et je vous respecte, et j'espère que nous pourrons être amies. Je sais que je n'ai pas été à la hauteur avec mon menu pour le mariage O'Neil, et que je n'ai pas simplifié la situation en fréquentant Andrew…

— Je travaille avec la même équipe ici depuis tant d'années que cela fait longtemps que je n'ai pas eu à former une nouvelle personne. Tu m'as fait prendre conscience que je devais être beaucoup plus attentive à mes nouveaux employés à l'avenir pour que les choses se passent au mieux, et je t'en suis reconnaissante. Aurions-nous pu faire quelque chose pour te faciliter la tâche ?

Julie secoua la tête.

— Je ne pense pas. Depuis la fermeture de mon restaurant – et même avant –, je me suis voilé la face sur plusieurs points. Je m'étais convaincue que la sévérité de la critique d'Andrew était la raison de la faillite de mon restaurant. Mais ce n'est pas vrai. C'était ma faute. La gestion de mon restaurant représentait une telle pression pour moi que je n'étais plus moi-même, mais la personne que je pensais devoir être pour y arriver.

Par la suite, au lieu d'assumer la responsabilité de ce qui lui était arrivé, elle avait mis tous ses problèmes sur le dos d'Andrew.

Cependant, depuis qu'elle avait reconnu sa responsabilité et compris que ses mauvais choix du passé n'étaient pas irrémédiables, elle se sentait peu à peu prendre confiance en elle.

— Lorsque je suis arrivée au *Rose Chalet*, poursuivit-elle, je me suis mis une pression encore plus forte en essayant d'être parfaite, de devenir la cuisinière que je pensais que vous attendiez.

— Pourquoi ai-je le sentiment que c'est moi qui devrais te présenter des excuses ? demanda Rose.

— Non, dit Julie, ce n'est pas ce que je voulais dire. Il est vrai que vous étiez parfois si occupée que je n'avais personne à qui demander de l'aide, mais honnêtement, je crois que je n'en aurais de toute façon pas demandé. J'ai essayé d'être parfaite, comme tante Evie. Le problème est que la perfection... Eh bien, ce n'est tout simplement pas moi.

— Comment va Evie ?

Julie sourit.

— Elle va bien. Elle va même très bien, ces jours-ci.

Quand je suis partie de mon travail tout à l'heure, elle était en train de comploter avec mon nouveau chef pour me pousser à mieux m'occuper de moi-même.

— Tu ne m'as pas dit tout à l'heure, que fais-tu maintenant ?

Sur le trajet vers le *Rose Chalet*, Julie s'était demandé si elle répondrait à cette question. Rose se dirait sans doute que son nouveau travail était bien moins intéressant que le précédent. Mais cela ne changerait rien. Ce que Rose pensait n'avait plus d'importance.

— Je travaille dans un food truck, répondit Julie. C'est de la cuisine simple, et le menu est assez basique. Mais ça me plaît vraiment. J'y suis heureuse.

Elle s'attendait à un regard rempli de pitié ou tout au moins de compassion de la part de Rose. Mais son ancienne patronne se contenta de sourire.

— C'est parfois le plus important. (Rose resta songeuse un instant.) Le bonheur.

— Parfois seulement ?

Rose changea adroitement de sujet en embrayant sur le mariage Kyle. La question du menu était encore en suspens, et Rose ne pensait pas réussir à trouver un autre cuisinier à temps. Elle espérait qu'Andrew pourrait persuader un de ses amis chefs de s'en charger, même si ce n'était pas la solution idéale. Julie répéta à Rose qu'elle était désolée de l'avoir mise dans cette situation, puis prit congé. En sortant, elle retrouva Phoebe.

— Alors, demanda la fleuriste, comment ça s'est passé ? Tu vas recommencer à travailler ici ?

Julie se mit à rire.

— Ce n'est pas pour cela que je suis venue, Phoebe. Vraiment pas.

— C'est bien dommage. Ta présence ici me manque. (Elle haussa les sourcils.) Je ne devrais sans doute pas te le demander, mais où en es-tu avec Andrew ? Je suppose que c'est de l'histoire ancienne, compte tenu du pétrin dans lequel il t'a mise ?

— La situation avec Andrew est… (Julie hésita un instant.) compliquée.

Julie partit quelques minutes plus tard, après avoir convenu avec Phoebe qu'elles se reverraient bientôt pour une soirée entre filles. Elle resta un moment sur le parking du *Rose Chalet* et prit une profonde inspiration.

Elle avait souhaité avoir une discussion avec Rose pour mettre les choses au clair avec elle. Sans en avoir eu conscience, elle avait ressenti le besoin de tourner la page, et c'était ce qui s'était passé. Elle resta encore quelques instants sur le parking, le soleil lui caressant le visage.

Julie avait fait ce qu'elle avait à faire au *Rose Chalet*, mais il lui restait une affaire beaucoup plus importante à régler. Et elle devait arrêter de la repousser au lendemain.

En était-elle capable ?

Ce matin-là encore, Julie aurait peut-être pensé que non, mais, à présent, elle était dans un autre état d'esprit. Elle sortit son téléphone portable de sa poche, avec la sensation soudaine d'être prête à faire face à n'importe quoi.

Tant mieux, car elle était loin d'être sûre que son

plan fonctionnerait.

Peut-être avait-elle trop attendu. Peut-être avait-elle laissé passer sa chance. Et même si ce n'était pas le cas, ce qu'elle avait prévu de faire n'allait pas être facile, et nécessiterait une bonne dose de courage.

Ainsi qu'une grande confiance en elle.

Julie sourit à la pensée d'Andrew en train de lui dire : « Vous avez de bonnes intuitions, Julie. Si vous vous y fiez, j'ai le sentiment que vous vous en sortirez vraiment très bien. »

Julie fit défiler les numéros de son répertoire jusqu'à ce qu'elle trouve celui du producteur d'Andrew.

— Bonjour, dit-elle, Julie Delgado à l'appareil. Votre proposition tient-elle toujours ?

CHAPITRE 16

— Écoutez-moi tous, lança le producteur d'Andrew aux personnes présentes sur le plateau de *Cuisine & Créations*. Je sais que c'est le dernier épisode et que nous sommes tous très enthousiastes, mais pouvons-nous, s'il vous plaît, essayer de boucler le tournage avant de commencer à faire la fête ?

Andrew avait eu du mal à s'enthousiasmer pour quoi que ce soit cette dernière semaine, depuis l'échec de sa visite sur le nouveau lieu de travail de Julie.

Il était pourtant si certain que la situation aller s'améliorer. Qu'elle finirait par se rendre compte qu'ils iraient si bien ensemble. Et voilà qu'il était de retour à la case départ. Encore plus loin, même, parce qu'il ne semblait plus y avoir beaucoup d'espoir pour la faire changer d'avis.

D'après les rumeurs, Julie aimait sa nouvelle vie. Même si c'était loin d'être ce qu'Andrew avait imaginé pour elle, son travail semblait enfin la rendre heureuse.

Il savait qu'il devrait s'en réjouir… Mais comment se réjouir alors qu'elle ne voulait pas de lui ?

— Excusez-moi, Andrew.

Il se retourna. Une femme se tenait devant lui, sans doute un membre du public qui avait réussi à se frayer un chemin jusqu'au plateau principal.

— Je sais que je ne manque pas d'audace en venant vous voir ainsi, mais je me demandais si, après l'émission, vous aimeriez aller prendre un….

Par chance, Sandy arriva juste à temps et les interrompit :

— Vous allez devoir regagner votre siège, madame, tout de suite. Merci.

La femme s'exécuta, après lui avoir adressé un long regard. Andrew se tourna vers son assistante :

— Phil et Nancy sont-ils arrivés ? Et mon père et ma mère ? Tu leur as bien envoyé les tickets, n'est-ce pas ?

— Je ne les ai pas seulement envoyés, je les leur ai fait parvenir personnellement par coursier, dit Sandy. Faites-moi confiance, ils les ont eus. Mais…

— Ils ne sont pas là, acheva-t-il à sa place.

— Malheureusement, non. Désolée, chef.

— Tu n'y peux rien.

Qu'il avait été stupide de croire que sa famille viendrait ! S'il appelait ses parents ou son frère, ils lui diraient sûrement qu'ils étaient trop débordés. Et c'était vrai. Mais une fois, juste une fois, il aurait été heureux de voir qu'il comptait assez pour eux pour qu'ils lui fassent une petite place dans leurs emplois du temps chargés. Pour la simple et bonne raison qu'il faisait partie de leur famille, et que la famille était censée compter.

Heureusement, sa journée de travail touchait bientôt

à sa fin. Il ne lui restait plus qu'à terminer l'enregistrement de la dernière séquence, c'est-à-dire animer simplement l'émission pendant que six cuisiniers de San Francisco s'affrontaient. Et puis…

Et puis quoi ? Que ferait-il ensuite ?

Il songea un instant à Julie et secoua la tête. Elle avait été parfaitement claire sur ce qu'elle voulait. Et encore davantage sur ce qu'elle ne voulait pas. Alors pourquoi s'accrochait-il ainsi ?

Il valait mieux pour lui qu'il s'éloigne. D'elle, de sa famille, de sa vie d'ici.

Il pourrait partir en vacances en France, y découvrir des restaurants. Il pourrait même acheter une petite maison dans la vallée de la Loire et y séjourner jusqu'au début de la prochaine saison de ses émissions. En attendant, il était libre de faire ce qu'il voulait.

Il devrait bien sûr revenir à San Francisco pour le mariage de son frère, mais il pourrait y rester seulement quelques jours.

Sandy toucha doucement son bras.

— Ça va, chef ?

— Oui ça va, mentit Andrew. (Si on ne pouvait même plus mentir à sa propre assistante, où allait-on ?) Tu prévoies toujours de lancer ta boîte de production, n'est-ce pas ?

L'assistante hocha la tête, mais elle paraissait un peu inquiète. Le capital de départ n'avait visiblement pas atteint le niveau qu'elle espérait. Il se dit qu'il pourrait facilement y remédier. Cela lui ferait plaisir de lui donner un coup de pouce avant de partir.

— Vous êtes sûr que ça va ? lui demanda-t-elle de nouveau. Vous n'avez pas l'air dans votre assiette.

Il haussa les épaules.

— Tout le monde est prêt ?

— Presque.

Tant mieux. Plus tôt ils finiraient, plus tôt il pourrait partir. Il n'aurait même pas besoin de faire ses bagages, et pourrait prendre un vol quelques heures après la fin du tournage. À cette pensée, il eut moins de mal à arborer son sourire habituel lorsque l'émission commença.

— Bonjour et bienvenue sur le plateau de *Cuisine & Créations*. Pour la dernière émission, nous vous avons réservé une surprise. Plusieurs personnes avec qui j'ai cuisinées pendant cette saison ont accepté de revenir aujourd'hui. Pour pimenter un peu les choses, je ne serai pas le seul à goûter leur cuisine. Un panel de critiques issus de la presse culinaire de San Francisco et du monde de la restauration sera présent. Mesdames et messieurs, je vous demande d'accueillir les membres du jury !

Andrew les présenta tour à tour. Lanie, une jolie femme pétillante, réalisait des reportages sur des événements culinaires pour la chaîne *Cuisine Channel*. Geraldine était un chef de San Francisco réputée pour son ton acerbe et son incapacité à sourire. Quant à Steve, il était critique gastronomique pour un journal local. Et à en juger par sa bedaine impressionnante, il appréciait son travail.

Andrew les avait déjà rencontrés par le passé mais les

connaissait très peu. Il devait cependant sourire et faire mine qu'ils étaient les meilleurs amis du monde. C'était ainsi à la télévision.

— Les règles sont simples aujourd'hui, dit-il au public. Nos cuisiniers vont préparer quatre plats pour le jury. Un amuse-bouche pour nous donner un avant-goût de leur style de cuisine, une entrée, un plat de résistance et enfin un dessert. Ils sont libres d'utiliser tous les ingrédients de leur choix. J'espère qu'ils arriveront à surprendre nos papilles.

— Je l'espère aussi, approuva Lanie.

— Et, bien sûr, nous prendrons également en compte leur maîtrise technique, ajouta Steve.

Geraldine hocha la tête.

— Il paraît que les candidats d'aujourd'hui font partie des meilleurs cuisiniers qui ont participé à ton émission. J'attends donc une cuisine de haut niveau de leur part.

Et elle ne manquerait certainement pas de sauter sur l'occasion de les rabaisser s'ils ne se montraient pas à la hauteur.

Mais les concurrents savaient sans doute à quoi s'attendre.

— Il est temps de souhaiter la bienvenue à nos participants, vous ne croyez pas ? demanda Andrew au public, qui lui répondit affirmativement avec enthousiasme (Il attendit quelques instants que le calme revienne.) Je vous demande d'applaudir chaleureusement Mitchel Crane, Antonio Summers, Elaine Neilson,

Gregory Brown, Natasha Smith et… Julie Delgado ?

Andrew ne put masquer la surprise dans sa voix en voyant le dernier nom sur l'écran. Il s'attendait à ce que le directeur crie « Coupez ! » et leur explique qu'il y avait eu une erreur, qu'ils avaient oublié de la retirer de la liste quand ils avaient su qu'elle ne participerait pas à l'émission.

Mais c'était bien elle qui se dirigeait vers son poste de travail avec les autres, portant une caisse avec tous les ingrédients qu'elle avait choisis pour ses plats. Elle était si belle qu'il avait du mal à en croire ses yeux.

Au prix d'un grand effort, Andrew réussit à reprendre ses esprits et à jouer son rôle de présentateur. Il leur souhaita à tous bonne chance puis mit en route le grand chronomètre. L'émission était tournée en direct, il lui était donc difficile d'aller trouver Julie pour discuter avec elle de leur relation. Il dut se promener parmi les candidats en leur demandant ce qu'ils avaient prévu de préparer, et ce qu'ils avaient fait depuis la dernière fois qu'il les avait vus sur le plateau.

Ce ne fut pas facile avec les premiers participants parce qu'il avait du mal à se concentrer. Comment s'intéresser à l'expansion du café de l'un ou à l'approche radicalement différente de la cuisine gastronomique de l'autre, quand il devait faire appel à toute sa volonté pour ne pas regarder la femme dont il était follement épris.

Il se réprimanda intérieurement pour sa bêtise et se rappela ce qui s'était passé la dernière fois qu'il l'avait vue, mais rien n'y fit.

Parce qu'il était amoureux, et que rien d'autre n'avait d'importance.

Enfin, le tour de Julie arriva. Il dut se faire violence pour lui parler comme un présentateur, et non comme l'homme qui l'aimait.

— Julie, c'est un plaisir de vous revoir ici.

Elle lui sourit, avec une telle gentillesse que son cœur se serra.

— Je suis contente d'être de retour, Andrew.

— Quelles sont les nouvelles depuis la dernière fois ?

— Oh ! il s'est passé beaucoup de choses. Vous voulez sans doute que je vous parle de ce que je vais préparer ?

Non, il avait des questions beaucoup plus importantes à lui poser. *Pourquoi es-tu là ? Sais-tu à quel point je t'aime ? M'aimes-tu aussi ?* Mais ils étaient en direct à la télévision, et il avait un rôle à jouer.

— Quel est votre menu aujourd'hui, Julie ?

— Je vous le dirai quand je le saurai, lui répondit-elle avec des yeux pétillants et un grand sourire. Ne le répétez pas au jury, mais j'improvise au fur et à mesure.

Andrew écarquilla les yeux. Il attendit que les rires du public se calment.

— Vous prenez un risque, et pas des moindres.

— Oui, répondit-elle calmement en hochant la tête, en effet. Mais une personne m'a dit un jour que tout irait bien si je faisais confiance à mon instinct et que j'osais prendre des risques. (Elle s'interrompit un instant.) J'ai fini par me rendre compte que cet ami avait raison, même s'il m'a fallu un peu de temps.

Il avait envie de la prendre dans ses bras, de l'embrasser et de lui dire à quel point il la respectait et l'adorait.

À contrecœur, Andrew s'éloigna de Julie et retourna vers les membres du jury. Ils ne semblaient pas avoir apprécié les paroles de Julie.

— Cela ne me paraît pas très malin de ne pas avoir prévu de menu, dit Lanie.

— Pas très malin ? lui fit écho Geraldine. C'est même complètement idiot. Je serais surprise que le résultat soit probant.

Elle se fit huer par des spectateurs qui avaient visiblement pris en grippe le membre le plus sévère du jury. Andrew aurait aimé les imiter mais il ne pouvait pas : il était censé être impartial. Il devait donc continuer à bavarder avec les concurrents et le jury pendant l'épreuve.

En temps normal, cela ne l'aurait pas dérangé, car il aimait regarder les gens cuisiner. Il en apprenait ainsi beaucoup sur eux.

Mais ce jour-là, il ne cessait de jeter des coups d'œil à Julie en se demandant ce qu'elle avait voulu dire. Quand elle avait déclaré être enfin prête à prendre des risques, faisait-elle uniquement allusion à la cuisine ?

Ou bien aussi au fait d'être avec lui ?

— La fin de l'épreuve arrive, fit remarquer le critique de restaurant.

Andrew jeta un coup d'œil au chronomètre.

— Il est temps de poser vos couteaux et vos spatules, dit Andrew en se glissant de nouveau dans la peau de l'animateur. Nous allons juger votre menu en procédant plat par plat. J'ai le regret de vous annoncer que les pots-de-vin que vous m'avez offerts tout à l'heure n'ont servi à rien, car je ne vais pas voter. (Un éclat de rire s'éleva dans le public, comme sur commande.) Mais je vais quand même goûter et commenter ce que vous avez préparé, car c'est mon émission après tout. Qui veut nous apporter en premier son amuse-bouche ?

Andrew vit avec fierté Julie s'avancer en tenant une assiette remplie de ce qui ressemblait à des toutes petites boulettes de viande, chacune recouverte de sauce.

— Des boulettes de viande ? demanda Geraldine avec une expression dédaigneuse.

— Avec quelques ingrédients supplémentaires, répondit Julie avec un sourire.

Les membres du jury commencèrent la dégustation. Lanie déclara qu'elles étaient bonnes, mais qu'elle les trouvait un peu trop simples. Steve doutait que Julie fasse le poids face à la cuisine gastronomique des autres concurrents, et ajouta qu'elle aurait peut-être pu éviter ce problème en planifiant son menu.

Geraldine fut plus brutale :

— C'est de la cuisine de fast-food, et pas du tout ce que nous attendions dans une émission comme celle-ci. C'est désolant.

Ce fut au tour d'Andrew de donner son avis. Il ne s'attendait pas à des miracles après les commentaires des membres du jury. Il identifia deux types de boulettes de viande – bœuf et poulet –, relevées de subtils mélanges d'épices. Quant à la sauce… Il n'en avait jamais goûté de telle. Elle était stupéfiante. Les ingrédients semblaient rivaliser pour être à la première place, avant de se mélanger dans une véritable explosion de saveurs.

— Je ne comprends pas de quoi vous parlez, dit-il. C'est délicieux.

— Heureusement que certains d'entre nous savent de quoi ils parlent, rétorqua sèchement Geraldine.

Cela lui valut d'autres huées du public, qui ne se tut que lorsque les autres candidats s'approchèrent. Ils avaient réalisé des combinaisons gastronomiques classiques, et Andrew dut reconnaître que certaines étaient vraiment réussies. Mais selon lui, l'amuse-bouche de Julie était supérieur en termes d'originalité et de passion. Malheureusement, le jury n'était bien entendu pas d'accord avec lui.

Le même scénario se répéta pour le deuxième plat. Plusieurs participants avaient réalisé des entrées élaborées, qu'Andrew aurait pu trouver sur la carte de n'importe quel grand restaurant de la ville. Elles étaient toutes dans la lignée de la cuisine du *Glass Square*.

Quant à l'entrée de Julie, elle avait l'apparence d'une simple tortilla. Mais elle leur expliqua qu'elle contenait une préparation à base de porc, d'épices de style thaï, de légumes orientaux et de citron vert. Les membres du jury ne parvinrent cependant pas à dépasser l'apparence du plat.

— Vous vous moquez de nous ? demanda Geraldine.

Andrew goûta, et n'essaya même pas de retenir son sourire.

— C'est un régal.

Geraldine lui jeta un regard noir, tandis que les spectateurs applaudirent spontanément.

Le plat principal de Julie était un hot dog, mais pas n'importe lequel. Il s'agissait d'un hot dog au chevreuil et aux herbes, réalisé avec du pain maison épicé et servi avec des frites de céleri et plusieurs sauces, bien plus intéressantes que le ketchup ou la moutarde.

— Tout simplement atroce, déclara Geraldine. C'est le pire depuis le début.

Même Lanie fit preuve d'un peu moins d'indulgence que pour le premier plat :

— Je suis désolée, mais c'est vraiment une combinaison inattendue pour un hot dog. L'écart entre vous et les autres candidats se creuse, Julie.

Steve hocha la tête.

— Votre dessert va devoir être sacrément bon si vous voulez rester dans la course. Je ne vois pas comment c'est possible.

Andrew se mit à rire.

— Qu'est-ce qui vous amuse ainsi ? demanda Geraldine.

— Je n'en reviens pas que vous puissiez tous les trois vous tromper à ce point. Ce n'est pas un simple hot dog. (Il se tourna vers le public et détailla les différents éléments du plat.) Ce que je veux dire, expliqua-t-il, c'est que c'est l'un des meilleurs hot dogs jamais créés.

Le dessert de Julie était un mélange de chocolat, de crème et de toutes sortes d'ingrédients. En temps normal, Andrew aurait eu un jugement sévère, mais cette fois, il ne pouvait pas.

Il reconnaissait ce dessert. C'était exactement le même qu'ils avaient préparé ensemble pendant la soirée chez lui.

— Désolant, répéta Geraldine.

— C'est n'importe quoi, renchérit Lanie.

Steve secoua la tête :

— On dirait que vous avez manqué de temps et que vous vous êtes contentée de faire un mélange avec tout ce que vous aviez sous la main.

Mais aux yeux d'Andrew, le dessert de Julie venait parfaitement clôturer son repas. Les trois premiers plats la représentaient vraiment ; elle avait adroitement associé simplicité et complexité en revisitant des mets de restauration rapide avec des saveurs et des textures intéressantes. Chacun de ses plats avait été une prise de risque, mais venait du fond de son cœur.

Quant à son dessert, c'était un message si clair et si direct qu'Andrew avait envie de crier « Coupez ! » juste pour pouvoir courir vers Julie et l'embrasser.

Il l'aimait tellement. Mais il allait devoir attendre patiemment que tout le monde parte pour… Oh ! et puis quelle importance s'ils étaient en direct à la télévision ?

Andrew traversa la scène à grands pas, prit Julie dans ses bras et l'embrassa, devant le public et l'équipe du studio.

CHAPITRE 17

Les membres du jury délibérèrent, et Andrew dut se résoudre à lâcher Julie pour qu'elle puisse attendre le verdict au côté des autres concurrents. Elle savait qu'elle devait avoir un visage rayonnant après le délicieux baiser d'Andrew, et que toutes les autres femmes de la salle devaient l'envier.

— À la troisième place, dit Lanie, nous avons Mitchel Crane.

Le cuisinier s'avança sous les applaudissements du public. Julie s'y joignit poliment, mais elle ne pouvait détacher les yeux d'Andrew, envoûtée par son magnifique sourire et son regard sombre et intense. Il faisait à peine semblant de jouer son rôle d'aimable présentateur, trop occupé à la dévorer des yeux.

— À la deuxième place, Natasha Smith.

Les spectateurs applaudirent avec enthousiasme. Mais Julie n'arrivait à penser à rien d'autre qu'à Andrew qui traversait la scène pour venir l'embrasser. Qu'est-ce que cela signifiait ? Était-ce suffisant ? Était-elle prête à…

Non, elle refusait de s'aventurer sur cette voie. Elle allait cesser une fois pour toutes de remettre en cause l'alchimie entre Andrew et elle.

Seul le moment présent importait désormais. Elle l'aimait, et c'était le principal.

Il avait cru en elle avant même qu'elle ne croie en elle-même.

— Et le vainqueur du grand concours final de *Cuisine & Créations* est...

Comme il était d'usage à la télévision, le jury fit durer le suspense afin de faire monter la tension. Julie n'aurait pu se soucier moins de l'identité du gagnant. Après les commentaires qu'avaient suscités ses plats, elle ne se faisait aucune illusion.

— Elaine Neilson !

C'était terminé. Elle n'était même pas dans les trois premiers. Et, à en juger par le regard méchant que lui lança Geraldine, elle était même très certainement à la dernière place.

Il n'y a pas si longtemps, Julie aurait éprouvé une certaine déception. Mais pas ce jour-là, alors que la seule personne qui comptait pour elle dans le studio la regardait comme si elle était la septième merveille du monde.

Julie fit la queue pour féliciter la gagnante, puis attendit un peu à l'écart qu'Andrew conclue l'émission, en essayant d'être patiente. Il parlait si rapidement que ses paroles étaient tout juste intelligibles. Par chance, le réalisateur ne fit pas de remarque, sans doute parce que Sandy lui parlait avec fermeté dans l'oreillette.

— Coupez ! cria le réalisateur. C'est dans la boîte,

c'est fini pour cette saison !

Le public et l'équipe de tournage saluèrent cette annonce par un tonnerre d'acclamations. L'un des membres de l'équipe de tournage ouvrit le champagne, et les producteurs eux-mêmes se joignirent de bon cœur à la fête. L'émission avait été un succès, et tout le monde était de bonne humeur. Très vite, le studio de télévision prit des allures festives.

Julie vit Andrew s'avancer vers elle, et elle oublia tout ce qui se passait autour d'elle.

— Je t'aime, dit-il en la prenant dans les bras. Je ne veux plus le cacher, Julie.

— Je t'aime aussi. Tellement.

Mais Geraldine et Lanie, deux des membres du jury, s'approchèrent avant même qu'ils aient le temps de s'embrasser.

— Je comprends mieux maintenant comment vous vous êtes retrouvée dans cette émission, dit Geraldine sur un ton méprisant. Il suffisait de coucher avec le présentateur.

Un ou deux jours plus tôt encore, Julie aurait été mortifiée en entendant une remarque de ce genre et aurait pris ses distances avec Andrew. Mais elle se blottit encore davantage contre lui.

— Exactement. D'ailleurs, je pense que ce concours a été organisé uniquement parce qu'Andrew voulait me séduire.

Il l'embrassa sur la joue.

— En plus d'être une cuisinière talentueuse, cette

femme est brillante.

— Mais… mais c'est…

Julie regarda la femme aigrie avec un air narquois.

— Qu'est-ce qui ne va pas ? Vous êtes jalouse ?

— Jalouse ? De vous ? Il y a parmi nous de vrais chefs, qui font une cuisine authentique, de qualité.

Julie haussa les épaules.

— Faire de la bonne cuisine qui plaît aux gens me suffit, du moment que je le fais à ma manière.

— Et c'est pour cette raison que vous n'arriverez jamais à rien, répliqua vertement Geraldine.

Andrew haussa les sourcils.

— Contrairement à un chef de restaurant gastronomique qui n'a peut-être pas les qualités requises ? J'ai lu des critiques sur ta cuisine, Geraldine.

Elle s'éloigna d'un pas raide en maugréant. Lanie, qui était présentatrice sur *Cuisine Channel*, attendit quelques instants avant de prendre la parole :

— Je voulais vous dire que j'étais désolée d'avoir dû être si sévère. Je pense que je me suis un peu emportée. À propos, vous avez raison sur un point en ce qui me concerne. Je le suis un peu.

— Un peu quoi ? demanda Julie sans comprendre.

— Jalouse que vous ayez conquis le plus bel homme du monde de la cuisine, répondit-elle avec un sourire. Je vous souhaite bonne chance, ajouta-t-elle avant de les laisser tous les deux.

Julie se mit à rire en regardant Andrew. Autour d'eux, la fête battait son plein. Elle devrait tôt ou tard quitter ses bras, mais le moment n'était pas encore venu.

Et elle espérait qu'il n'arriverait pas trop vite.

— Alors, quelle est la suite ? finit par demander Julie.

— Je te propose d'aller chez moi, répondit Andrew sur un ton taquin. Je pourrai ainsi continuer à te séduire.

— Tu as très bien compris ce que je voulais dire, dit Julie en se hissant sur la pointe des pieds pour effleurer le cou d'Andrew de ses lèvres. Même si j'admets que ton idée est tentante. Très tentante.

Il enfouit son visage dans ses cheveux pendant un long moment, puis lui dit à voix basse :

— J'avais l'intention d'aller passer un peu de temps en France, mais je crois que je vais finalement rester à San Francisco.

— Tu as intérêt, l'avertit-elle. Même si des vacances là-bas pourraient être agréables. Nous pourrions essayer de gagner notre vie là-bas en travaillant dans des restaurants atypiques, hors des sentiers battus.

— Nous sommes sur la même longueur d'ondes.

Julie connaissait peu d'hommes qui auraient été tentés par son idée, mais Andrew était différent. Il était même unique.

Elle songea soudain avec délice qu'ils avaient tout loisir pour aller chez lui comme il l'avait suggéré. Même si l'idée de pouvoir profiter de la fête, avant de rentrer ensemble à la fin, était encore plus délicieuse.

Parce que, cette fois, ils n'allaient plus se séparer. Ils formaient désormais une équipe.

Julie fut surprise que plusieurs spectateurs viennent la

voir pour lui poser des questions sur les plats qu'elle avait préparés pendant l'émission. Une femme qui devait avoir l'âge de sa tante Evie lui dit :

— J'étais contente de voir que la vraie cuisine, quand elle est bonne, est capable de tenir tête à tous ces plats prétentieux.

La « vraie cuisine » de Julie, préparée de manière originale et personnelle, semblait avoir beaucoup plu aux personnes qui avaient assisté à l'émission. Elle fut même approchée par l'un des producteurs, qui se présenta sous le nom de Rick.

— Bonjour Julie, dit-il. Je viens de parler de l'émission avec quelques spectateurs. Ils paraissent vraiment avoir été séduits par votre performance d'aujourd'hui.

— C'est très gentil de leur part, répondit-elle.

Rick secoua la tête.

— Ce n'est pas de la gentillesse, faites-moi confiance. Mais ils savent ce qu'ils veulent. Vous avez un talent inné devant la caméra.

— Je ne sais pas.

— Il a raison, lui assura Andrew. Et tu as aussi un talent inné de cuisinière.

Rick en vint au fait :

— Il nous reste quelques créneaux de libres dans notre programme, et nous aimerions vous proposer une nouvelle émission, dans laquelle vous pourriez laisser libre cours à votre éloquence et à votre personnalité uniques.

Julie eut besoin d'un peu de temps pour comprendre.

— Vous voulez travailler avec moi, et pas seulement pour un concours de cuisine ?

— Oui. Nous espérons que vous vous rendez compte de l'opportunité que cela représente. Cela vous permettra de vous faire connaître du public, et cela sera peut-être un tremplin pour d'autres émissions, ou même pour ouvrir un autre restaurant. C'est ce dont rêvent toutes les personnes qui passent sur cette chaîne.

C'était vrai. N'importe quel cuisinier professionnel sauterait sur l'occasion si on lui proposait d'avoir sa propre émission culinaire. Mais Julie avait déjà essayé d'être parfaite par le passé, et elle n'était pas sûre d'être de nouveau prête à supporter la pression que cela représentait.

— Pouvez-vous me dire en quoi cela consisterait exactement ?

— Quelques semaines de tournage. Généralement, nous enregistrons plusieurs émissions par jour pour faciliter le planning de nos animateurs, qui ont souvent un emploi du temps chargé.

Andrew émit un petit son de mépris.

— Et pour réduire les coûts, Rick, ne l'oublions pas.

— En effet, répondit le producteur, pas le moins du monde embarrassé. Il y aurait aussi la promotion, et éventuellement d'autres choses, en fonction du succès de l'émission.

— C'est une période de travail assez intense, dit Andrew, mais il a raison. Cela pourrait être une excellente opportunité pour toi. Mais tout dépend de ce que tu veux, Julie.

Elle se posa alors la question : que voulait-elle ?

Elle était au moins sûre d'une chose. Elle voulait Andrew.

Mais ce n'était pas une raison pour refuser, car lui mieux que quiconque serait capable de comprendre son emploi du temps chargé. Alors, pourquoi était-elle réticente alors qu'elle avait conscience de la chance qu'on lui offrait ? Ce n'était pas encore une fois par peur de prendre un risque, si ?

Elle sourit en réalisant que ce n'était pas le cas.

Son travail au food truck lui laissait une grande liberté. Elle pouvait faire ce qu'elle voulait, elle avait un chef qui la laissait travailler comme elle le souhaitait, et des clients qui aimaient ce qu'elle leur préparait.

Elle était heureuse.

Voulait-elle vraiment renoncer à tout cela pour un travail où on lui imposerait ce qu'elle devrait dire et où elle devrait se tenir, uniquement parce qu'elle était censée en avoir envie ? Elle se rendait compte de la chance que cela représentait et n'était pas totalement opposée à l'idée, mais seulement si elle pouvait conserver sa liberté.

— Alors, qu'est-ce que vous en dites ? insista Rick. Si c'est une question d'argent, je peux vous assurer...

— Est-ce que je peux vous rappeler ? l'interrompit Julie. Vous m'avez prise un peu de court, et je voudrais d'abord être sûre de pouvoir gérer les choses à ma manière... si j'accepte, je veux dire.

Le sourire du producteur se figea légèrement.

— Très bien, mais ne réfléchissez pas trop longtemps. Nous ne vous attendrons peut-être pas.

Andrew secoua la tête.

— Bien sûr que si, vous attendrez, et vous le savez, Rick. Julie en vaut la peine.

Après le départ du producteur, Andrew prit la main de Julie et mêla doucement ses doigts aux siens. C'était un geste simple, mais en tenant ainsi la main d'Andrew au milieu de cette foule de gens qui s'amusaient, elle avait l'impression qu'ils étaient seuls au monde. Et plus encore quand il se pencha vers elle.

— Quoi que tu décides de faire, nous le ferons ensemble, promit-il.

— Je sais, répondit-elle. Je regrette que ta famille n'ait pas été là pour toi aujourd'hui. Je sais que ma présence ne remplace pas la leur, mais…

Andrew la fit taire en l'embrassant.

— Non. C'est encore mieux. Parce que je sais que toi, tu n'es pas là par devoir familial, mais par choix. Je pensais faire un cadeau à mon frère en l'aidant avec le menu de son mariage, mais j'étais loin de me douter que c'était moi qui recevrais le plus beau cadeau. Toi.

Leurs lèvres se joignirent de nouveau dans un tendre baiser.

— Mais cela signifie que tu vas être invitée aux mariages de famille maintenant, ajouta-t-il doucement. Acceptes-tu de venir avec moi ? Quelque chose me dit que je vais avoir besoin de soutien.

Julie le serra contre elle.

— Avec joie.

Il la regarda avec un visage rayonnant.

— Il me reste encore à trouver une solution au sujet du traiteur. Parce que je refuse de faire la cuisine au mariage de mon frère, dit-il en secouant la tête.

— Ne t'inquiète pas, cela ne sera pas nécessaire. J'ai un plan, annonça Julie en souriant à cet homme qu'elle aimait tant. Tu connais ma passion pour les food trucks, n'est-ce pas ?

Comprenant où elle voulait en venir, Andrew lui rendit son sourire.

— C'est une idée géniale ! Il y en a vraiment d'excellents à San Francisco. (Il pressa doucement sa bouche sur la sienne.) Et si nous partions maintenant pour commencer nos recherches ?

ÉPILOGUE

En sa qualité de fleuriste du *Rose Chalet*, Phoebe Davis avait toujours beaucoup plus de travail qu'à l'ordinaire le jour d'un mariage. Elle devait garder un œil sur les arrangements floraux et changer les fleurs lorsqu'elles commençaient à flétrir. Elle apportait aussi volontiers un coup de main pour servir le repas et les boissons, et, si la robe de la mariée ou d'une demoiselle d'honneur nécessitait une retouche, elle allait chercher ce qu'il fallait dans la trousse à couture d'Anne. Elle aidait même Tyce à faire ses tests de sonorisation, une fois son matériel installé.

Mais, pour le mariage Kyle, la situation était un peu différente. On n'avait pas besoin d'elle pour le dîner parce que les invités se servaient eux-mêmes dans les food trucks garés dans la propriété. Phoebe se demanda s'il avait été plus difficile de convaincre les propriétaires des camions de passer leur journée à travailler sur un lieu de réception, ou bien de persuader Rose Martin d'accepter leur venue au *Rose Chalet*.

C'était sans doute auprès de Rose qu'il avait fallu insister le plus, songea Phoebe en voyant sa chef observer ce qui se passait autour d'elle d'un air méfiant.

Elle suivit son regard vers la piste de danse. Andrew Kyle et Julie Delgado étaient en train de danser ensemble et riaient. Phoebe se réjouissait pour son amie. Nombreuses étaient les femmes qui auraient aimé sortir avec un aussi bel homme qu'Andrew. Elle souhaitait à Julie tout le bonheur du monde.

Cependant… Phoebe ne put s'empêcher de ressentir une légère pointe de cynisme en les voyant si tendrement enlacés sur la piste de danse.

Ou plutôt, de réalisme.

Si l'amour véritable existait et que les couples restaient ensemble pour toute la vie, cela serait formidable. Mais la réalité était toute autre.

Phoebe secoua légèrement la tête, consciente qu'une fleuriste spécialisée dans les mariages ne devrait pas penser ainsi. Elle savait que les gens s'imaginaient souvent que les fleuristes étaient d'éternels romantiques avec une seule idée en tête, trouver un prince charmant qui leur offrirait des roses pendant le reste de leurs jours.

Mais il suffisait de regarder les statistiques. Aussi débordant de bonheur que puisse paraître un couple le jour de son mariage, il avait une chance sur deux de divorcer dans les trois ans. Croire qu'on avait trouvé l'homme ou la femme de sa vie était aussi fou que penser avoir acheté le billet de loterie gagnant.

On pouvait avoir toutes les certitudes du monde, les faits étaient là.

Jamais Phoebe ne partagerait son opinion sur la

question avec ses amis du *Rose Chalet* – ou, que Dieu l'en préserve, avec Rose elle-même.

Phoebe s'empara d'une rose blanche sur l'une de ses compositions et se laissa envahir par son parfum. L'homme parfait n'existait pas. Alors, pourquoi ne pas se contenter d'un homme imparfait en chair et en os ? Quel mal y avait-il à être lucide et à s'amuser un peu ?

Une relation amoureuse était comme la fleur qu'elle tenait à la main. Elle était belle. Parfaite. Immaculée. Et sentait divinement bon.

Mais dans un jour ou deux, elle se fanerait et finirait sur un des tas de compost de RJ.

Ceux qui étaient persuadés que leur relation était une exception se berçaient tout simplement d'illusions.

— Voulez-vous danser ?

Phoebe se retourna. Un homme séduisant aux épaules larges et à la mâchoire carrée se tenait devant elle. Il lui rappelait un peu quelqu'un, même si elle n'arrivait pas à trouver qui.

— Je m'appelle Patrick, dit-il avec un sourire en coin qui la troubla.

Cela ne fit que la conforter dans son opinion. Pourquoi perdre son temps à chercher le prince charmant, alors qu'un homme superbe et disponible l'invitait à danser ? Une petite distraction sans lendemain était justement ce dont elle avait besoin.

— Avec un aussi bon orchestre, quel dommage que la plus jolie femme de la salle ne danse pas !

Sans attendre la réponse de Phoebe, il la fit tournoyer

sur la piste. Il avait les bras si musclés.

C'était exactement le genre d'homme avec qui elle pourrait avoir un flirt, d'autant plus qu'il semblait aimer agir de manière impulsive. Les hommes comme lui connaissaient les règles du jeu et n'exigeaient pas plus que ce qu'ils étaient prêts à donner.

— Vous ne m'avez pas dit votre nom, fit remarquer Patrick. Dois-je continuer à me référer à vous comme à la plus jolie femme de la pièce ?

Bien que ce titre soit flatteur, elle leva les yeux vers lui en souriant :

— Je m'appelle Phoebe. Et il me semble que vous êtes censé dire ceci de la mariée plutôt.

D'ordinaire, elle n'avait pas une voix aussi essoufflée. Mais il ne lui arrivait pas souvent de croiser des hommes aussi beaux, et libres, aux mariages du *Rose Chalet*... et encore moins de danser avec eux.

— C'est vrai qu'elle est très belle, mais toutes les femmes sont belles le jour de leur mariage.

Aïe !

— Vous aimez les mariages ? demanda Phoebe.

— Qui n'aime pas les mariages ? Voir un couple prendre un tel engagement est un si grand événement. Nous devrions le célébrer plus souvent.

Oh ! voilà qui était magnifique ! Cet homme superbe était un romantique. Parmi toutes les personnes de sexe masculin présentes, il fallait qu'elle attire le plus sentimental.

À la fin de la danse, ils se retrouvèrent devant RJ, et Phoebe eut soudain une illumination. Il n'était pas étonnant que le visage de Patrick lui paraisse si familier.

— Vous êtes frères, non ?

RJ sourit.

— Oui, mais c'est lui le cerveau de la famille.

— Je suis là pour concevoir l'architecture d'une nouvelle maison, expliqua Patrick avec un sourire.

Mais Phoebe n'avait pas le cœur à lui sourire. Patrick n'était pas un simple invité venu à San Francisco pour le week-end. Il allait y rester pendant toute la durée du chantier.

Phoebe prétexta qu'elle devait aller vérifier l'état de ses bouquets et laissa les deux frères. Elle n'était pas sûre qu'ils l'aient crue, mais elle était sûre d'une chose : l'homme avec qui elle venait de danser n'était absolument pas fait pour elle. Dieu merci, elle n'avait pas été assez stupide pour flirter avec lui et essayer de le revoir.

Elle n'avait aucunement l'intention de s'engager dans quoi que ce soit.

Pourtant, en s'éloignant, elle sentit l'intensité de son regard sombre posé sur elle. Un frisson la parcourut, et elle songea que, cette fois, il ne serait peut-être pas si facile de résister.

~ FIN ~

Pour plus d'informations sur les prochaines parutions de Lucy Kevin, inscrivez-vous ici à la newsletter en français.

www.LucyKevin.net/NewsletterFr

A propos de l'auteur

Dès la parution de son premier roman *Seattle Girl*, Lucy Kevin s'est retrouvée sur les listes de best-sellers du *New York Times* et de *USA Today*. Ses deux romances contemporaines suivantes, *Sparks Fly* et *Falling Fast*, sont également apparues sur les listes de best-sellers de la plupart des librairies numériques. La série « Quatre mariages et un fiasco » s'est trouvée à la 11e place du classement du *New York Times* et Lucy en a vendu plus de 500 000 exemplaires à ce jour.

Selon le *Washington Post*, Lucy Kevin « fait partie des plus grands auteurs américains ». Lorsqu'elle n'est pas occupée à écrire, elle adore nager, randonner ou passer du temps avec son mari et ses deux enfants.

Pour la bibliographie complète de Lucy, ainsi que des extraits de ses livres ou des jeux-concours, ou tout simplement pour échanger avec elle :

Recevez la newsletter en français de Lucy :
eepurl.com/MWHJX
Suivez Lucy sur Twitter : @lucykevin
Retrouvez Lucy sur Facebook :
facebook.com/lucykevinbooks
www.LucyKevin.com
lucykevinbooks@gmail.com